全国中考语文
热点作家
作品精选

等待花开的季节

沈岳明 著

中学生必读励志类经典美文
中考作文素材类优秀作品

作者曾多次命中中考作文及阅读理解原题

哈爾濱工業大學出版社
HARBIN INSTITUTE OF TECHNOLOGY PRESS

图书在版编目(CIP)数据

等待花开的季节 / 沈岳明著. —哈尔滨:哈尔滨工业大学出版社, 2017.1
(全国中考语文热点作家作品精选)
ISBN 978-7-5603-6272-4

Ⅰ. ①等… Ⅱ. ①沈… Ⅲ. ①散文集-中国-当代
Ⅳ. ①I267

中国版本图书馆 CIP 数据核字(2016)第 260139 号

策划编辑 张凤涛
责任编辑 郭 然
装帧设计 恒润设计
出版发行 哈尔滨工业大学出版社
社 址 哈尔滨市南岗区复华四道街 10 号 邮编 150006
传 真 0451-86414749
网 址 http://hitpress.hit.edu.cn
印 刷 哈尔滨市石桥印务有限公司
开 本 787mm×1092mm 1/16 印张 13 字数 200 千字
版 次 2017 年 1 月第 1 版 2017 年 1 月第 1 次印刷
书 号 ISBN 978-7-5603-6272-4
定 价 25.00 元

目　录

第一辑　跟昨天竞争

第二辑　付出与收获

第三辑　找准自己的路

第四辑　一颗等待的心

第五辑　一声虎吼的力量

第一辑　跟昨天竞争

唯一能实现经常赢的局面，就是和昨天的自己竞争。只要今天进步了一点点，就意味着赢定了昨天的自己，建立在昨天的基础上的无数个明天，就是无数次地赢了一点点，这样积沙成塔、滴水成海，就会赢得永远的成功。

鹦鹉鱼的睡衣

在欧洲地中海生活着一种鱼，它色彩艳丽，脊背是紫红色的，体侧是玫瑰红色的，胸部和腹部的鳍是淡黄色的，背鳍是灰黄色的，尾部镶白色的边，就像鹦鹉那样漂亮，所以人们叫它鹦鹉鱼。

罗马和古希腊人特别看重这种鱼，把它当作珍品，这倒不是因为鹦鹉鱼长得漂亮，而是它们的团结互助的精神。据研究这种鱼的学者发现，如果鹦鹉鱼一旦不幸碰上了针钩，在千钧一发之际，它的伙伴会很快赶来帮忙，咬断钓鱼线，从危险中救出同伴。如果鹦鹉鱼被鱼筐围住了，别的伙伴就会用牙齿咬住它的尾巴，拼命从筐缝中把它拉出来。所以，一般的渔民很难捕获到这种鱼。

虽然鹦鹉鱼能够互相帮助，一般的危险奈何不了它们，可是，这并不等于鹦鹉鱼永远没有危险。因为鹦鹉鱼很怕死，常常在没有危险的时候也忧心忡忡，它们想，白天遇到危险了，有同伴来救助，如果晚上同伴们都睡着了，谁来救自己呢？于是，鹦鹉鱼想出了一种办法。它们每天傍晚都会给自己织一件睡衣穿，这样便确保了晚上的安全。

它们织睡衣的方法像蚕吐丝作茧似的，从嘴里吐出白色的丝，利用它们的腹鳍和尾鳍的帮助，经过一两个小时就能从头到尾织成一个囫囵的壳，这就是它们的睡衣。每天晚上，它们睡在自己编织的睡衣里，确实能够防御敌人的侵害，并能安安静静地睡一晚。可是它们的睡衣织得太坚固了，第二天早晨要费很大力气才能把睡衣弄破，以便从里面钻出来。到了晚上，鹦鹉鱼再织一件新的睡衣穿在身上。

有时候，鹦鹉鱼生病了，晚上躺在睡衣里，早晨想出来的时候，因为没有足够的力气钻破睡衣，这就麻烦了，时间一长它必死无疑。因为，鹦鹉鱼从不救助困在睡衣里的同伴，它们会认为同伴还在睡觉，不便打扰。

所以，对于鹦鹉鱼来说，最大的危险不是来自外界的伤害，而是因为作茧自缚的自残。人类也拥有像鹦鹉鱼相似的一件睡衣,我们从来不缺乏互相帮助的精神,但却逃不脱作茧自缚的危险。鹦鹉鱼的故事,值得人们深思。

点评

这篇文章曾入选过中考试题。作为说明文,这篇文章的成功之处在于它还包含了一个哲理,写出事物的奇特之处,并引发人们的思考,比纯粹的“说明”要吸引人得多。

有什么比捉迷藏更好玩

每天中午吃过午饭，总有孩子的嬉闹欢笑声在隔壁院子里响起。那是我的新邻居索尼亚，在同她的三个孩子玩着捉迷藏的游戏。我有午休的习惯，他们欢呼的声音，每每将我从美梦中惊醒。有时，我也会好奇地将头伸出院墙观看。

索尼亚正在给其中大一点的女孩蒙眼睛，她一边系纱巾，一边喊："杰瑞、迈克，你们都藏好了没有？"两个小男孩的声音就从院子的另一头传来："我们都准备好了。"索尼亚又小声地叮嘱身边这个女孩："琳达，你可不准偷看哦！"琳达脆生生地回答："妈妈，我没有偷看。"

索尼亚将琳达轻轻地往前一推，说："好啦，你现在就去抓住那两个小家伙吧！"琳达小心地迈开步子，抬起双手，摸索着一步一步地往前走。索尼亚则远远地站在后面进行指挥："琳达，小心！那里是台阶。注意！你的左边是公路，右边是商场，再过去就是电影院了，前边左转，很好，你已经到学校了。现在，杰瑞站在公路边上，迈克蹲在商场附近。琳达，你只要往后一点就可以捉住他们了。"琳达转身，果然就捉住了迈克，很快又捉住了杰瑞。这时，院子里就会爆发出巨大的欢笑声。然后，索尼亚又将纱巾蒙住杰瑞，让他去抓琳达和迈克。

我看得吃惊，这样捉迷藏我还是头一次见到。要知道，那宽敞的院子里其实空无一物，而索尼亚所说的商场、公路、电影院和学校究竟是从哪里来的呢？

出于好奇，也因为他们这样的玩闹，实在是打搅了我的睡眠，我决定去拜访一下这位新邻居。我心里盘算着，如果她能答应每天中午都带孩子们去电影院，我很乐意为他们支付门票钱。

我敲开了索尼亚的院门，表达了想请孩子们去看电影的意愿。我的眼睛不经意间穿过了索尼亚的肩膀，我看到她身后院子里横七竖八画满了线条，三个孩子在线条构成的奇怪图形里玩得正起劲。

"哦，看电影？孩子们，你们知道吗，这位叔叔，他说要请你们去看电影。"索尼亚向孩子们介绍我。尽管索尼亚看上去很热情，但她好像对我的邀请并不感兴趣。趁着孩子们玩得入迷的当儿，她向我眨眼睛，示意我随她走到一边说话。

她告诉我，这三个孩子是她从孤儿院里领出来的。由于担心邻居的孩子对他们不友好，也怕人们知道孩子的身世后对他们有偏见，她跟先生才决定迁居到此。喏，在这里我们就你一个安静的邻居。她说最近她正在以捉迷藏的方式，教孩子们如何在这个小区里生活，如何独自去上学。

这时我才恍然大悟，院子里画的原来就是这个小区的地图，而索尼亚所说的那些公路、商场和学校，其实是图画里建筑的称呼。

"不瞒您说，现在，琳达已经能够独自一人往返于海德学校了。"索尼亚说起来十分骄傲。

"海德？你的意思是……琳达她是盲童？"我非常吃惊，因为海德是附近一所有名的盲人学校。

索尼亚点了点头，补充说："不仅是她，杰瑞与迈克也快要入学了。"她招呼着孩子们过来。三个孩子摸索着慢慢走到她身边，拽着她的手叽叽喳喳地问："妈妈，妈妈，看电影有捉迷藏好玩吗？"索尼亚对我一笑，说："这个我们还是请这位叔叔来回答吧。"

我突然被一种不知所措的情绪感染，觉得自己很对不起这些孩子。我抚摸着他们的头，看着他们眼神里的无忧无虑，高声说："当然没有，有什么能比捉迷藏更好玩的呢？"

当我走出索尼亚家的院门时，我轻声向索尼亚说："对不起，我不知道情况是这样的。但我还是想问一个问题：既然孩子们什么也看不见，在捉迷藏的时候，为什么还要给他们用纱巾蒙上眼睛呢？"

索尼亚认真地说："因为他们的心灵永远是明亮的。在母亲的眼里，他们跟常人一样，什么都看得见！"

点评

这篇文章曾入选过中考试题。对弱者的关注,不只是人们能够看到的表面,还要从内心深处入手。只有触及了心灵深处最柔软的地方,才能使人感动。这就是温情的故事永远受人欢迎的原因。

农夫的原则

从前,有一个叫菲尔德的美国商人,一次偶然的机会,在农夫巴勒斯的家里吃到了番茄酱。那种鲜美的味道,令菲尔德不由得当场拍手叫起好来。出于商人的本能,菲尔德想到这是一个商机。

于是,他决定向巴勒斯讨要制作番茄酱的秘方。巴勒斯几乎没加考虑便将番茄酱的制作方法说了出来。走时,菲尔德给了巴勒斯一百美元,作为购买番茄酱制作方法的费用,巴勒斯一再表示不收钱,可菲尔德还是将钱给了巴勒斯。

就这样,菲尔德开始了番茄酱的生产,不出菲尔德所料,番茄酱的销量果然很好。很快,菲尔德便成了百万富翁。就在菲尔德准备扩大生产与销售范围的时候,他突然在街头看到了一张小广告,小广告的内容让菲尔德大吃一惊。原来,那是农夫巴勒斯写的寻找菲尔德的广告。巴勒斯在广告上说,如果菲尔德看到了这张广告,希望他立即跟自己联系。

巴勒斯寻找菲尔德的用意不是很明显吗?他肯定是见菲尔德用他的方法制作的番茄酱赚钱了,才觉得一百美元的购买费太少。巴勒斯究竟想要多少钱,菲尔德不清楚,但极有可能不是一个小数目,如果弄得不好,巴勒斯很可能会要求菲尔德立即停止生产或者跟他打官司。菲尔德嘴里骂了一句,这个贪婪的家伙,便一把扯下了那张小广告,准备扔到垃圾桶里去,但还没走几步,他又看到了一张相同的广告,巴勒斯竟然将小广告贴满了整条街。菲尔德不得不将番茄酱厂搬走了。

为了躲避巴勒斯的寻找,菲尔德忍痛将番茄酱厂一搬再搬,销售范围也一缩再缩。可是,巴勒斯寻找他的小广告,就像跟他较着劲似的,紧紧地跟在他的身后,让他一出门便能在街头看到。菲尔德终于经不住折腾而破产了。

破了产的菲尔德决定去会一会这个巴勒斯,反正他现在什么都没有了,他只想知道巴勒斯究竟想干什么!当菲尔德出现在巴勒斯面前的时候,巴勒斯就像遇到了久违的亲人一样高兴地说:“我终于找到您了。”

菲尔德冷冷地说:“你找我究竟想干什么?”巴勒斯赶紧从口袋里掏出当年巴勒斯给他的那张一百美元钞票,说:“我是来还钱给您的。”菲尔德不解地问:“这不是我购买你的番茄酱制作方法的费用吗?”巴勒斯说:“是的,但我不能收您的钱!”菲尔德说:“那你想怎么样?”巴勒斯说:“我不想怎么样,只想将钱还给您,如果我因为这么点小事就收了您的钱,邻居们会笑话我的!”菲尔德苦笑着问:“如果我一直不出现呢?”巴勒斯坚定地说:“那我就一直找下去,直到找到您并将钱还给您为止,这可是我们乡下人做人的原则!”

点评

这篇文章曾入选过中考试题。这是一篇小小说,作者如抽丝剥茧般,将故事一层层摊开给人看。然后,再一步步推进,直至出现一个意外的结局,让人哑然失笑后,又让人掩卷沉思。

四岁智商的总经理最成功

最近,科学家通过研究,认为四岁小孩最具备当领导的才能。理由如下:

一、四岁小孩最无知。由于没见过世面,整个世界对他来说都是新奇的,看到什么,他都想去摸一摸,动一动,于是,便产生了强大的冒险和探索欲。一个公司的领导可以没有才能,但不能没有敢于冒险和探索的精神!

二、四岁小孩最富幻想。由于无知,他会认为太阳只有烧饼那么大,星星就像粘在烧饼上的芝麻。他最希望做的就是,如果能够咬上一口这样的烧饼就好了。历史证明,很多伟大的创举都是在不切实际的幻想中实现的,而一个公司的领导如果具备了善于幻想的能力,那么就具备了完成伟大创举的条件。

三、四岁小孩最霸道。不能要的东西和要不到的东西,他都想要,不给就哭、就闹。总之,没有理由,不谈过程,只要结果。当公司领导在做出一个新的决定的时候,往往会遇到很多阻力,此刻,光会以理服人恐怕很难达到一个好的效果,往往是那些不讲道理的领导将众人给降服了。

四、四岁小孩最单纯。他不会将谁当作自己的心腹,也不会将谁看成是自己的眼中钉。如果他上午哭骂半天,不到下午他又会冲你呵呵傻笑。如果公司有这么一个心思单纯的领导,就绝不会有复杂的人际关系。

五、四岁小孩最无私。我们常常听到一个四岁的小孩会这样骄傲地说:“这个东西是我爸爸买给我的,那个东西是我妈妈给我做的!”是谁做出的成绩,就是谁做出的成绩,他决不会将属下的成绩据为己有。如果一个公司的领导经常这样说这件事情都是李工的功劳,那件事情多亏了王工……那么,公司职工怎么可能不一个个拼了命去工作呢?

如果一家公司,拥有了敢于冒险和探索的精神、不一般的想象力、执着坚定的信念、广纳贤才用人不疑的舞台和最公正的奖励制度,那么,哪里还有不成功的道理?综上所述,充分证明了只有四岁智商的领导最能成功地管理公司。

点评

这篇文章曾入选过中考试题。四岁,乳臭未干,一介稚童,人事不懂,涉世未深,怎么想也与那些财大气粗、运筹商场、威风八面的总经理扯不上关系。这则讽刺小品文,不免让人抚案大笑,作者的用心昭然。儿童因无知而敢于探索,因幻想而敢于创新,因霸道而坚定果断,因单纯而融洽人际关系,因无私而善于用人,这不正是一个领导者应该具备的优秀品质吗?四岁智商的总经理最成功,此言不谬矣!

那条道路的名字就叫屈辱

在美国，有一位名叫库帕的大学生毕业后找不到工作，就在弹尽粮绝的时候，他决定去乔治的公司试试。库帕是一位无线电爱好者，他从小就崇拜无线电界的资深人士乔治，如果乔治能接纳他，他想，他肯定能够学到很多东西，日后也能像乔治一样在无线电行业取得巨大的成绩。当库帕敲开乔治的房门时，乔治正在专心研究无线电话，也就是我们现在常用的手机。

库帕将自己在心里想了很久的话，小心翼翼地在乔治面前讲了出来。他说："尊敬的乔治先生，我很想成为您公司的一员，如果能够留在您的身边，当您的助手，那就更好了。当然，我不求待遇……"谁知，还没等库帕说完，乔治便粗暴地将他的话打断了。乔治用不屑的眼神看着库帕说："请问你是哪一年毕业的？干无线电多长时间了？"

库帕坦率地说："乔治先生，我是今年刚毕业的，从未干过无线电工作，但是我很喜欢这项工作……"

乔治再次粗暴地打断了库帕："年轻人，你还是出去吧，我不想再见到你了，也请你别再耽误我的时间。"

原本诚惶诚恐、忐忑不安的库帕，这时反倒平静了下来，他不慌不忙地说："乔治先生，我知道您现在正在忙什么，您在研究无线移动电话是吗？也许我能够帮上您的忙呢！"

虽然对库帕能够猜出自己正在研究的项目而感到惊讶，但乔治还是觉得面前的这个年轻人太幼稚，还不足以为自己所用，所以他坚决地下了逐客令。

1973 年的一天，一名男子站在纽约的街头，拿着一个约有两块砖头大的无线电话，引得路人纷纷驻足注目。这个男子就是手机的发明者马丁·库帕。当时，库帕是美国摩托罗拉公司的工程技术人员。库帕说："乔治，我现在正在用一部便携式无线电话跟您通话。"

乔治怎么也想不到，当年被自己拒之门外的年轻人真的在自己之前研制出了世界上第一部无线电话。之后，有记者采访马丁·库帕时问：“如果当时您被乔治收留，您肯定会协助乔治完成无线电话的研制，而这一功劳会是乔治的，是不是？”库帕回答说：“不，如果当时乔治收留了我，我成了乔治的助手，我们也许永远也研制不出现在的无线电话来，正是他拒绝了我，掐断了让我想向他学习的念头，所以我才重新开辟出一条研制无线电话的道路，并且成功了。那条道路的名字就叫屈辱，我将乔治对我的屈辱化成了前进的动力。如果没有这种动力，即使我跟乔治联手也不一定能完成这项研制工作。”

点评

这篇文章曾入选过中考试题。踩着前人的脚印前进，最佳结果也只能是“亚军”。对待命运的态度决定个人的成败。在命运面前，狂妄、懦弱、悲观、无为是不可取的，只有以理智、乐观、不屈的态度去对待、去拼搏，才是最好的选择。

倾斜翅膀的飞翔

1889 年 5 月 25 日，一位名叫西科斯基的男婴在俄国基辅降生。他的到来使这个原本贫困的家庭雪上加霜。父亲不得不身兼三职，几乎没有时间陪伴孩子，每天早出晚归，疲惫不堪。母亲一边带孩子，一边还要帮人洗衣服补贴家用。

西科斯基得不到父母精心的呵护，从小习惯自己玩儿，能跑会跳的时候，见到父亲仍然觉得陌生。

不幸在一个严寒的冬天降临。那天，西科斯基的母亲外出揽活，年仅四岁的西科斯基独自在火炉边玩儿，一不小心将炉火上滚烫的开水壶撞倒了，双手被严重烫伤，痛得哇哇大哭。虽然经过医院治疗，仍然给他留下了残疾：那双向一边倾斜的手掌，成了西科斯基羞于见人的耻辱。

西科斯基从开朗顽皮变得自卑脆弱，上学就把手藏在裤兜里，放学回家之后也缩在一旁，双目无神地望着天空中飞过的鸟儿发呆。母亲看在眼里，疼在心上：怎样才能让西科斯基变得快乐起来呢？

一天，西科斯基的母亲在小摊上买了一个中国制造的竹蜻蜓，高兴地带回家送给儿子。西科斯基双手用力搓着竹蜻蜓的尾巴，随着它的翅膀飞速旋转，竹蜻蜓嗡嗡作响地飞了起来。追赶着飞舞的竹蜻蜓，西科斯基终于开心地笑了。

母亲搂住西科斯基的肩膀，鼓励他说：“你看，竹蜻蜓的翅膀多像你的双手啊，也向一边倾斜，但是它照样飞了起来，飞得那么欢快！”西科斯基将竹蜻蜓拿在手上仔细观察，果然，那双翅膀跟自己的手很像。竹蜻蜓能够用倾斜的翅膀飞翔，他为什么不能用那双倾斜的手，也高高飞翔呢？

从此，西科斯基迷上了飞翔事业。1908 年，威尔伯·莱特驾机在巴黎进行飞行表演，西科斯基亲眼目睹之后，更加坚定决心，要亲手制造这种“会飞的机器”。1909 年，他开始研制直升机。

这个梦想，持续了整整三十年。

1939 年 9 月 14 日，西科斯基身穿黑色西服，头戴鸭舌帽，爬进了一架崭新的直升机座舱，轻松升空，在高约两三米的地方，飞机居然平稳地悬停了十秒钟之久，才轻巧地降落地面。经过反复试飞，该飞机具有良好的操纵性能，已经具备现代直升机的基本特点。这是航空史上崭新的一章，世界上第一架真正的直升机诞生，西科斯基成为世界上第一架实用直升机的发明者！

但他并没有止步于此。积累了无数教训和经验之后，西科斯基又解决了直升机在空中打转的毛病，他在机尾安装了一副垂直旋转的抗反作用力的小型旋翼——尾桨，终于使直升机趋向完美。戈尔·伊万诺维奇·西科斯基，成为世界著名飞机设计师及航空制造创始人之一。

人生总是与苦难同行，有的人甘于沉沦，苦难成了他抱怨命运的理由；而有的人不甘于沉寂，在苦难中奋起，最终获得了成功。也许，命运只给了你一双倾斜的手，但是，只要心中有梦，那双手也能成长为最有力量的翅膀。

点评

这篇文章曾入选过中考试题。写人物时，一定要抓住其特点，其特点还要与他后来的成功有些关联。这就需要作者有一双善于发现的眼睛，特点越鲜明，文章越成功。

做甜品的原则

乔恩的父亲经营着一家小甜品店，整天在甜品店忙碌的父亲，面对顾客的时候总是一副谦卑的形象。虽然父亲靠辛勤经营甜品店将乔恩养大，但乔恩还是瞧不起父亲对顾客的那副样子，父亲让乔恩放学后去甜品店帮忙，乔恩也拒绝了。如果父亲的唠叨实在让乔恩受不了，乔恩也是避开同学们，偷偷溜进店里帮忙，乔恩唯一可以与父亲对抗的行动，是坚决不吃父亲做的甜品。

突然有一天，他们小区来了两位漂亮而时尚的女孩，她们居然在父亲的甜品店对面开了一家甜品店。由于她们的甜品店装饰别致，一时间顾客盈门，而父亲的甜品店则日渐冷清。一家是落后的传统手工制作，一家是现代化机器工艺；一边是糟老头掌柜，一边是两位青春靓丽的女孩经营，不说顾客了，就连乔恩都想去那两个女孩的店里看看。

一年一度的甜品大赛又到了。乔恩和很多人心里都非常清楚，今年的甜品大赛冠军非那两位女孩莫属，而乔恩的父亲，与甜品大王的称号再也无缘了。只有父亲一副胸有成竹的样子，他说："乔恩，今年比赛就由你来当我助手吧。"往年不都是母亲当父亲的助手吗？怎么今年非得让我去给他当助手呢？乔恩心里嘀咕着，但嘴上却不敢说。

果然，现场的气氛比乔恩想象的还要糟糕，偏偏最后上台比赛的又是乔恩的父亲和那两位女孩。在台上一亮相，双方之间的差距便显现出来了。不管是评委还是观众，几乎所有人的目光都被那两个漂亮女孩吸引了。乔恩跟在父亲身后，窘得无地自容。可父亲并不理会乔恩与众人的情绪，只管埋头干活。父亲一会儿跟乔恩说："乔恩，你快点将这些豆子磨了。"一会儿又吩咐乔恩："乔恩，将蜜糖罐打开。"

终于，两家的作品都完成了，两位女孩的作品让在座的所有人都惊呼了起来。原来她们做的是电脑雕花西瓜盅，经过调色后冰镇制成。首先颜色就给人一种视觉上的美感。

预料之中的，评委们对两位女孩的作品由衷赞叹。乔恩几乎要劝父亲放弃比赛赶紧回家，免得在众人面前丢丑，就在这时，乔恩听到了评委们对父亲作品的评价。评委们的意见是，父亲的作品虽然不如两位女孩的多姿多彩，但在口感和营养上要更胜一筹，因为父亲采用的是全手工制作，并且所选原料全是绿色食品原料。最后，评委宣布，今年的甜品大王还是父亲！不仅乔恩，现场所有的观众都被这一意外的结果惊呆了，三十秒钟的寂静过后，全场爆发出了雷鸣般的掌声和欢呼声。这时，乔恩看见一直在静静地倾听评委们点评的父亲，平静的脸上终于露出了欣慰的笑容。乔恩被这巨大的荣誉鼓舞着，紧紧地拥抱着父亲说："爸爸，我们赢了！"

父亲在乔恩的耳边说："乔恩，你听着，不管外表如何美丽，如果没有内涵，持久不了。你需要记住的是，不管做事还是做人，朴素、真诚永远是我们的原则。"

现在，乔恩已经成了父亲的接班人，不但继承了父亲做甜品的原则，也继承了父亲做人的原则。

点评

这篇文章曾入选过中考试题。对比法，是我们写作时经常用到的手法。通过对比，最后发现，那个通常人们认为对的，却错了，通常人们认为错的，反而对了。但道理却是放之四海皆准的，并能引人共鸣的。

沥青湖的诱惑

在拉丁美洲加勒比海的东南端，有一个叫巴哥的小岛，岛上有一个面积仅0.47平方千米的小湖。同一般的湖泊不同的是，这个湖表面平坦，上面覆盖了一层硬化了的沥青。原来，由于地壳运动，岩层破裂，地下石油和天然气溢出，并通过裂隙，涌进死火山口，满溢成湖。最后，油气挥发，残渣成为沥青。这个以盛产黑乎乎的天然沥青闻名于世的小湖，被人们称为“沥青湖”。

令科学家们感兴趣的，不仅仅是沥青湖奇特的形成方式，还因为沥青湖每年都要“吃掉”大量动物。其中有狮子、老虎、豹子等体形较大的动物，也有狐狸、狼、鬣狗，甚至是水鸟等体形较小的动物。经过长时间的跟踪拍摄，科学家们终于为世人揭开了这个谜底。

每年随着季节转换，沥青湖呈现出不同的样子。雨季来到，雨水积在湖面上，显得碧波荡漾；旱季降临，水被蒸发掉，沥青被晒干，只有在凹处还留有一些水坑，水坑中有水草，偶尔还能找到小鱼。这样，便引来了喜欢吃小鱼的鸟。一只鸟吃饱了小鱼，准备站在湖面上休息，结果被沥青粘住了双脚，鸟越挣扎，沥青便粘得越紧，终于，鸟不再动弹。不久，鸟被机灵的狐狸发现了，为了吃到可口的鸟肉，狐狸不顾一切地冲了过去，结果狐狸也被沥青粘住了。狐狸越挣扎，沥青便粘得越紧，最终狐狸倒在了沥青湖里不再动弹。嗅觉灵敏的鬣狗和狼几乎同时发现了死去的狐狸。为了争抢猎物，鬣狗和狼在沥青湖面恶战了一场，结果都被沥青牢牢地粘住了。在食物奇缺的干旱季节，当豹子、老虎、狮子发现这么多的猎物时，再也忍不住了，冲过去一饱口福，结果无一例外地丧生于沥青湖。

尽管每年都有大量动物死于沥青湖，但仍然有很多动物前赴后继地朝沥青湖奔去。原因都是经不住那湖里美味食物的诱惑。在这个世界上，对人的诱惑实在太多了，其中很多诱惑就像沥青湖一样致命。虽然很多人明白这个道理。却很难管住自己奔向沥青湖的脚。

点评

这篇文章曾入选过中考试题。写动物故事时,不能眼里只有动物,还要从动物身上发现与人类相似的特点,然后加以引申,让人能从动物身上获得启示,这样写出的文章才能获得成功。

磨砺脚趾的鹰

在澳大利亚中部，有一片面积相当于法国大小、景色奇特的大沙漠。由于地貌特殊，气候格外燥热，早晚温差很大。十一二月和盛夏时节，白天最高温度接近三十六摄氏度，夜间则为零下二十摄氏度左右。

沙漠的四周像盆地一样围上了一圈岩石，光秃秃的岩石上寸草不生，沙漠里最著名的植物是仙人掌。那些耐寒且耐热的仙人掌像电线杆一样插在沙漠之中，给这片死寂的沙漠带来了勃勃生机。

砺趾鹰便是生活在仙人掌上的一种鸟，因为只有生活在仙人掌上，砺趾鹰的安全才能够得到保障。仙人掌不但长得高大结实，而且浑身长满了利刺，这样，其他食肉动物便无法近前。为了适应仙人掌上比钢针还要锋利的刺，砺趾鹰不得不先在岩石上将自己的脚趾锻炼得比盾牌更加坚韧。

砺趾鹰成年后，会被父母赶出家门，独自去建立自己的新家。这时的“鹰孩子”还没有足够的能力筑巢，如果它们的脚趾还没有得到磨砺，就贸然飞到仙人掌上去筑巢，那么它们的脚掌肯定会被扎得鲜血淋漓。它们唯一的办法就是像自己的父辈一样，勇敢地扑向沙漠周围的岩石，哪怕是摔得遍体鳞伤，也毫不畏惧。

起初科学家们以为，那些“鹰孩子”是因为被父母驱赶后走投无路，绝望之余撞击岩石自杀的。可是，望着留在岩石上的斑斑血迹和遍地鹰毛，科学家们却找不到一只鹰的尸体。经过长期跟踪拍摄后，科学家们才明白，原来那是“鹰孩子”在磨砺脚趾，以便让自己尽快学会在仙人掌上筑巢。血淋淋的磨砺是痛苦的，可是，“鹰孩子”如果想在沙漠里生存下去，就必须经历这个过程。

点评

这篇文章曾入选过中考试题。看到那些在岩石上摔得遍体鳞伤的“鹰孩子”,你是否觉得他们的父母过于残酷了?这篇文章想要表达的意思很明显,用一句诗来形容,那就是“宝剑锋自磨砺出,梅花香自苦寒来。”道理人人都懂,怎样去诠释它,各人有各人的方法。

人人面前都有一根栏杆

巴拉斯出生于一个贫困的家庭,母亲患有精神分裂症,不但无法正常工作,一旦病情发作还常常冲巴拉斯大声地吼叫甚至动手打她。父亲因患小儿麻痹症,瘸了一条腿,对生活早已失去了希望的他,不但好赌还酗酒。无人管束的巴拉斯整天像个男孩子一样四处疯跑,跟人打架,还染上了偷盗的恶习。

巴拉斯十二岁那年,邻居的一个名叫威尔逊的跳高运动员,把她带到运动场上教她跳高。巴拉斯站在运动场上不敢动弹。巴拉斯胆怯地问:“威尔逊先生,我真的能像你一样成为一名跳高运动员吗?”威尔逊反问她:“为什么不能呢?”巴拉斯说:“您难道不知道,我的母亲是一个患有精神分裂症的人,我的父亲是残疾人,并且还是一个酒鬼,我的家境很糟糕……”

威尔逊再次反问她:“这些与你跳高又有什么关系呢?”巴拉斯回答不上来了,是啊,这与她跳高又有什么关系呢,巴拉斯嗫嚅了半天说:“因为我不是个好孩子,而你却是那么优秀。”威尔逊摇了摇头说:“除非你自己不愿意成为一个好孩子,没有人天生就很优秀。另外,我要告诉你的是,别将不好的家境当成你变成好孩子的阻力,而要让它成为你的动力。”

威尔逊给她加了一个1米高的栏杆,结果被巴拉斯跳过了。威尔逊又将那根栏杆撤下来,结果巴拉斯仅能跳过0.6米。威尔逊说:“现在这根栏杆就是你苦难的家境,而没有这根栏杆,你跳高的时候就没有足够的动力,如果你不相信的话,我现在就将栏杆加到1.2米,你一定能够跳过去的。”巴拉斯咬了咬牙,真的跳过了1.2米。巴拉斯深深地相信了威尔逊的话,决定要出人头地,以自己的实力来改变家里的现状。

以后,经过威尔逊介绍,她加入了体育俱乐部,并认识了罗马尼亚的全国男子跳高冠军约·索特尔。在索特尔的精心培育下,十四岁的巴拉斯跳过了1.51米。1956年夏天,十九岁的巴拉斯终于跳过1.75米,第一次打破了世界纪录。

1958 年,巴拉斯又以 1.78 米的成绩创造了新的世界纪录,并从此开始了巴拉斯时代。她在 1956 年至 1961 年的五年中,共十四次刷新世界纪录。1960 年罗马奥运会上,她以 1.85 米的成绩获得一生中第一枚奥运金牌,比第二名的成绩高出 0.14米。1961 年她再创世界纪录,越过了被誉为“世界屋脊”的 1.91 米的高度。此纪录一直保持了十年之久。她从 1959 年到 1967 年,在一百四十次比赛中获胜,是世界上跳高比赛获胜最多的女运动员,被人们誉为喀尔巴阡山的“女飞鹰”。

其实,我们每个人的面前都有一根栏杆,那根栏杆的名字叫贫穷、饥饿、失业、灾难,或者是生活中其他的种种不如意,我们每个人都可以将它当成一根栏杆来跳,只要跳过了那根横亘在自己面前的栏杆,你就成功了。

点评

这篇文章曾入选过中考试题。每个人的成功都不是偶然的。本文中的主人公是这样,写作文也是一样,只有通过长期的练习、不断的思考,才能产生佳作。本文通过对主人公小时候顽劣的形象与后来的成功做比较,让人的内心产生强烈的冲击。

等待让自己开花的季节

英国少年艾金森，因为长得憨头憨脑，加上行为举止笨拙而幼稚，成了同学们的戏谑对象，甚至老师们都不愿意给他上课。有位教“诗歌欣赏课”的老师哀求他选别的课。虽然艾金森是个按时交作业的好学生，但他朗诵作品时滑稽的表情总是让同学们捧腹大笑，每堂课都会被他搅成一锅粥，令老师无法继续讲课。而给了他三十五分的历史老师则说：“他没有半点历史感，当然，他什么感也没有。”艾金森的父亲更是认定了他的脑子有问题，不是白痴就是智障，甚至从不跟他说话。

走向社会的艾金森又因为那张憨态十足的脸和笨拙而幼稚的举止找不到工作，极度自卑的艾金森四处碰壁，苦恼至极，于是他整天消极地躲在房间里喝闷酒。

只有艾金森的母亲认为他是优秀的。艾金森的母亲是个花匠，她将儿子带到她的花园里，指着各种各样的花草说：“每种花都有开放的机会，那些还没有开放的，只是未到季节。人也一样，每个人都有机会成功，只是还没有遇到适合你的时机。但是，花草在没有遇到适合自己开放的季节时，需要吸收养分和阳光，储蓄足够的能量等待属于自己的季节来临。所以，你现在也要储蓄足够的能量，那就是学习更多的知识，经历更多的挫折，积累更多的人生智慧，等属于你的季节一到，你自然会绽放出美丽的人生之花。”

艾金森从母亲对自己充满信心的目光中站了起来。尽管后来的好长一段日子里，他找工作时依然碰壁，但他没有气馁，他深深地记住了母亲的话：不是他无能，只是适合他的季节还没有到来。

直到英国《非9点新闻》剧组的导演看了艾金森的表演后情不自禁地大笑起来，艾金森才知道，自己被录取了。他饰演的憨豆先生由于有一点笨拙、有一点幼稚、有一点单向思维（脑筋不转弯）、有一点腼腆，深受观众喜爱，于是他在英国迅速走红。

如今，憨豆先生傻乎乎地飞往全世界，这个穿戴整齐，但是头脑简单、常常闯了祸就落荒而逃的家伙，以《憨豆先生》大闹好莱坞的姿态进军洛杉矶，进行他擅长的“捣乱工程”。该片票房在欧洲已突破一亿美元，在美国公开放映时，亦好评如潮。

艾金森终于等到了自己开花的季节。

点评

这篇文章曾入选过中考试题。这是一种典型的借喻手法，文中用“每种花都有开放的机会，那些还没有开放的，只是未到季节”这句话来以花喻人，如果没有这种借喻，就算主人公取得再大的成功，这篇文章也不会如此出彩。

适应环境

美洲鹰生活在加利福尼亚半岛上，由于其价值不菲，在当地人的大肆捕杀以及工业文明对生态环境的破坏下，美洲鹰终于绝迹了。可是，近年来，一名美国科学家，美洲鹰的研究者阿·史蒂文，竟然在南美安第斯山脉的一个岩洞中发现了美洲鹰。这一惊奇的发现让全世界的生物科学家对美洲鹰的未来又产生了新的希望。

一只成年美洲鹰的两翼自然伸展开后长达3米，体重达20千克，由于加利福尼亚半岛上的食物充足，将美洲鹰养成了这样一种巨鸟，它锋利的爪子可以抓住一只小海豹飞上高空。可是令人奇怪的是，就是这样一种驰骋在海洋上空的庞然大物，竟然能生活在狭小而拥挤的岩洞里。阿·史蒂文在对岩洞进行考察时发现，那里布满了奇形怪状的岩石，岩石与岩石之间的空隙仅为0.5英尺，有的甚至更窄。那些岩石像刀片一样锋利，别说是这么一个庞然大物，就是一般的鸟类也难以穿越，那么，美洲鹰究竟是怎样穿越这些小洞的呢？为了揭开谜底，科学家阿·史蒂文利用现代科技在岩洞中捕捉到了一只美洲鹰。阿·史蒂文用许多树枝将鹰围在中间，然后用铁蒺藜做成一个直径为0.5英尺的小洞让它飞出来。美洲鹰的速度迅速无比，阿·史蒂文只能从录像的慢镜头上细看，结果发现它在钻出小洞时，双翅紧紧地贴在肚皮上，双腿却直直地伸到了尾部，与同样伸直的头颈对称起来，就像一截细小而柔软的面粉条，它是用以柔克刚的方式轻松地穿越了蒺藜洞。显然，在长期的岩洞生活中，它们练就了能够缩小自己身体的本领。

在研究中还进一步发现，每只美洲鹰的身上都结满了大小不一的痂，那些痂也跟岩石一般坚硬。可见，美洲鹰在学习穿越岩洞的时候也受过很多伤，在一次又一次的疼痛中，它们终于锻炼出了这套特殊的本领。为了生存，美洲鹰只能将自己的身体缩小来适应狭窄而恶劣的环境，不然便很难得到新生！

千万年来，动物与人类都在为生存而战。如果想不被淘汰，就得像美洲鹰一样，以改变自己的方式来适应不断变化的生存环境。尽管“缩小”自己的过程会千难万险，甚至流血流泪，但只有勇于“缩小”自己，才能扩大生存空间。“人不可能都生活在自己的意愿之中，只能是生活在对环境的适应之中。”

点评

这篇文章曾入选过中考试题。作者紧紧抓住了美洲鹰“这套特殊本领”的特点，最后展示“它是用以柔克刚的方式轻松地穿越了蒺藜洞”，最后教育人们，要懂得勇于“缩小”自己，才能扩大生存空间的道理。故事精彩，说理明析，引人入胜。

人人都有会飞的隐形翅膀

站在我们面前的汉斯·泰勒矮小、驼背、豁嘴、短腿短臂、长着一对又长又大的招风耳。因为母亲在怀孕时误食药物，汉斯一出生就是一个畸形儿。从小到大，每当汉斯走出家门时，所到之处人们总是用异样的目光盯着他看个不停，他那滑稽的样子总让每一个见到他的人笑个不停。

为此，汉斯很是自卑。他恨父母给了他难看的容貌，更恨那些取笑他这副长相的人们。汉斯曾两次自杀未遂，他也曾用刀砍过自己的耳朵，他觉得那双长耳朵是父母给他的最大耻辱。为此，他的母亲一直对汉斯说："孩子，你不懂，我敢肯定，你的那双长耳朵是上帝送给你飞翔的翅膀，只是上帝将它安错了地方而已，但它并不影响你飞翔！"

汉斯没有朋友，也没有哪个女孩愿意跟他交往，年过三十的汉斯整天沉醉在酒杯里，浑浑噩噩地度日。他的父亲见他这样，除了唉声叹气也毫无办法。

一天下午，阴霾满天，随风舞动的树叶在电闪雷鸣中像飞旋的刀片，阵阵狂风裹挟着团团乌云仿佛一块块巨石压得汉斯透不过气来。汉斯带着几分醉意在狂风与闪电中踽踽独行。路边避雨的人指指点点地说："看那个怪物！"这话像刀子一样扎在汉斯的心上。但他知道，在这个世界上，只有母亲坚信，他不是一个废人。因为母亲说过："汉斯跟别人一样，也有一双会飞翔的翅膀，只是现在他的翅膀还没有足够丰满，没有足够的力量飞翔，我相信，总有一天他会飞起来的。"

有一天，汉斯在街上闲逛，突然遇到了一个人。认识汉斯的人都已经习惯了他的模样，所以表现得很平静，而那个人是第一次看到汉斯，当时便忍不住捧腹大笑。他的大笑破坏了汉斯难得的好心情，他勃然大怒，他最见不得别人如此笑话他，所以冲上去要跟那人拼命。由于长得矮小，而那人却生得高大，汉斯只得跳起来用巴掌去打那人的脸。汉斯滑稽的模样让那人笑得更厉害了。

最后，那人的同伴和汉斯说明了真相。原来那人竟然是大名鼎鼎的导演威尔逊，他一直要找一个汉斯这样的喜剧演员。当威尔逊说要请汉斯去学表演、当演员时，他不敢相信地问："这是真的吗？像我这样一个丑陋无比的人，怎么能上荧屏当演员呢，你没有搞错吧？"

后来，在威尔逊的帮助下，汉斯像换了一个人，他以乐观的心态面对自己的残疾，克服了常人难以想象的困难，刻苦学习喜剧表演艺术，终于从一个被人嘲笑的"怪物"变成了孩子们心中的偶像，他以自己滑稽的表演赢得了观众的掌声。特别是他的那对长耳朵，很多小孩子只要一见到他抖动耳朵，便拉长自己的耳朵，扮着鬼脸儿，兴奋地大声尖叫。家长们见自己的孩子如此开心，也开始喜欢汉斯。汉斯·泰勒的那对长耳朵真的像一对会飞的翅膀一样，将他带进了一个光明的世界。

点评

这篇文章曾入选过中考试题。将一个人的缺点变成他的长处，这需要有人引导，并加以利用，方能成功。作者正是紧扣这一点来写，才使故事结构紧凑，没有松散之感，让人读之深受启发。

头顶盾牌的鱼

有一个年轻人，名牌大学毕业后，进了一家自己认为不错的公司。令他意外的是，这家公司里上至总经理下到普通职员，竟然没有一个人是名牌大学毕业的。别人看他的眼光里总是带着羡慕的光芒，这种光芒令他不管走到哪里都有优越感。于是，他在这种光芒中变得日益骄傲起来。他开始嫌同事们素质低，又嫌总经理没眼光不重用他。由于心怀怨气，他多次跟同事们发生争吵。结果，所有人只要见到他都远远地躲开。最后，他不得不选择离开。

到了另一家公司后，他又发现，这里的名牌大学毕业生也少得可怜，除了总经理，毕业于名牌大学的，就数他了。于是，他又对同事们不满起来。他的怨气就这样在心里越积越深，最终令所有人都对他敬而远之。他不得不再次选择跳槽。

有一次偶遇这个年轻人曾经服务过的一家公司的总经理，他跟我说起了这个年轻人。总经理的比喻颇为耐人寻味。他说这个年轻人很像一种生活在大西洋里的盾牌鱼。盾牌鱼的形象有点儿像我们熟悉的鲤鱼，所不同的是它头上长有一块蚌壳般的硬壳。这块硬壳坚硬得很，用又尖又锋利的刀子都扎不动。盾牌鱼头顶着硬壳就像古代手持盾牌的兵士一样，令人生畏，几乎从来没有哪种鱼敢碰盾牌鱼。盾牌鱼头顶的盾牌虽然保护了自己免受敌人的伤害，可是也拒绝了亲人和朋友的亲近。最终，因为失去了亲人和朋友，所有的盾牌鱼不得不离群索居，各自在大海里孤身漂流。

点评

一个人，不管拥有多么显著的成绩或者过人的学识，都少不了亲人、朋友和同事们的帮助。如果不虚心进取，不善于与人协作，那过人的学识便会变成骄狂而锋利的盾牌，最终会伤人害己。

穷人和富人只在一念之间

美国波士顿大学社会学教授皮特,让几个即将毕业的学生去采访他指定的一部分民众,问他们是否富有。

一个学生走到一幢豪华别墅门前,按响了门铃。学生等了好半天,终于等来一个五十多岁的男人,他慢吞吞地走到院子里,当他从铁门的缝隙里看到学生时,问:“你找谁?”

学生首先说明来意,说自己是位大学生,特意来做一份调查。然后问:“您觉得自己家里还缺少什么吗?”男人想了想,说:“缺少的东西可多了。”学生又问:“您能否举例说明?”男人于是滔滔不绝地说了起来:“从小,我就向往大海,可是我竟然买不起一艘游艇。还有,我也曾经向往蓝天,可是,直到现在,我也没能拥有一架飞机。”

学生再问:“这些可都是奢侈品,您难道就不缺少其他东西吗?比如生活中的必需品?”男人显然很痛苦,说:“你难道没看到,我的左脚是瘸的吗?你觉得还有什么必需品,比得过我脚上的残疾?”学生这才看出来,怪不得等了好久,他才出来开门。

最后,学生问:“那么,您觉得自己富有吗?”男人似乎还沉浸在悲伤之中,反问道:“你觉得,一个缺少这么多东西的人,会富有吗?”

另一个学生,敲响了一家单元楼的房门,开门的是位家庭主妇。学生同样首先说明来意,并问:“您觉得自己家里还缺少什么吗?”家庭主妇马上回答:“可多了。我家里没有汽车,每次全家外出时,都得打的士,有时打不到的士,便只得坐公交车,而公交车站离这里很远,很不方便。还有,这套单元房也太小了,我们一直想换套大房,可是经济总是跟不上希望……”家庭主妇还要说下去,学生打断了她的话题,最后问:“那么,您觉得自己富有吗?”家庭主妇毫不犹豫地回答:“应该说很穷才对,怎么能说富有呢?”

皮特教授得知学生们的调查结果后，连连摇头，说："这些人都是我前几天调查过的，我调查的结果跟你们调查的结果完全相反，不相信的话，请大家观看录像。"

学生们看到。皮特教授首先来到了那个男人的家里。皮特教授说明来意后，问："请问，您家里都有什么？"男人几乎想都没想便说："这可多了，您也看到了，这幢别墅便是我的。"皮特教授点了点头，示意他继续说下去。男人接着说："我还有一辆小车，那是给我优秀的儿子买的，我还有一家公司，主要靠我贤惠的妻子打理……"

皮特教授最后问："那么，您觉得自己富有吗？"男人哈哈一笑，说："是的，我真的感觉到很富有，难道不是吗？"

皮特教授又来到了那套单元房前。开门的也是那个家庭主妇。皮特教授问："请问，您家里都有什么？"家庭主妇想了想，说："除了这套房，就是房里的家具了。您需要亲自看看吗？"皮特教授摇了摇头，说："不用看了，虽然房子小了点，但布局合理，住起来应该还算舒适。"家庭主妇说："还行吧，就是有点挤。"皮特教授接着问："您的家人很多吧？"家庭主妇说："有父母、儿子、女儿……"

皮特教授最后问："那么，您觉得自己富有吗？"家庭主妇终于露出了笑脸，说："当然富有了，有父母、孩子，怎么不富有呢？"

同样的调查对象，却有两种结果，只不过是问话的方式不同而已。人生中，如果你时时关注的是自己拥有的，那么就会感到富有。如果时时关注的是自己没有的，那么你永远也不会感到富有。

点评

生活中，很多看似无解的问题，你如果换一种方式，或许就会出现新的答案。每一种答案，都有他的道理。本文就是以这种非常鲜明的正反两种观点，或者说是手法，将作品演绎得精彩非常。

两兄弟的秘密

作为一名“特教”员，对于那些“坏孩子”早已见怪不怪了。可是，我却意外地发现，班上有一位名叫程星的学生似乎与众不同。所谓的“特教”，就是专门教育一些有犯罪嫌疑或者犯罪倾向的少年的学校，说得好听一点就是“特别学校”，说得不好听一点，其实与“少年管教所”没什么区别。如果孩子服从管教那还好，如果不服从管教，教员打骂孩子的现象并不少见。

所有学生都明白，只要进了“特教中心”，要想出去可就难了。因为，如果不是家长实在管不了了，也不会将孩子送到“特教中心”。

通过仔细观察，我发现程星并不是个“坏孩子”。他不但学习成绩好，各门功课只要一教便会，而且还谦虚好学，也没发现有打架闹事行为。难道这些好表现，都是他装出来的？

为了弄个明白，我决定找程星单独谈谈。谁知，还没等我开口询问，程星便“扑通”一声跪在我面前，哭道：“老师，您千万别抓我弟弟进来。”我连忙将他扶起，并慢慢地引导他说出了事情的真相。

原来，程星的原名叫程亮，程星是他的双胞胎弟弟的名字，原本在六中就读，因为喜欢与社会上的坏青年一起上网玩游戏，有时还小偷小摸甚至打架闹事，于是遭到学校劝退，因家长苦求，才让程星休学一年保留学籍。可休学在家的程星不但没有向好的迹象，还有变本加厉的趋势。家长实在管不了了，才决定将他送去“特教中心”。

程亮在一中读书，成绩优异、好学上进，兄弟俩长得像极了，如果不看表现，光看长相，就连家长也分辨不出来。当知道自己要被送去“特教中心”时，弟弟程星后悔了，但家长已不会再听他的辩解与保证，程星没办法了，才去找哥哥程亮。

懂事的程亮决定帮弟弟程星一把，于是，他顶替弟弟来到了“特教中心”。而他的弟弟程星则以程亮的名字进了一中就读。听完他的话，我倒吸了一口凉气，说：“你知道你们这是在做什么吗？这是欺骗学校、欺骗家长，并且每个人都有独立的学籍，是不能顶替的。”

程亮见我发火了，又“扑通”一声跪下了，并求我一定要帮帮他的弟弟程星。我被程亮的真诚打动，决定暂时替他保密，但我还是得搞清楚，真正的程星现在的情况，因为一个教师的良知告诉我，我不能因为帮了一个“坏孩子”，却毁了一个好孩子。

我决定去一中看看顶替哥哥程亮学位的弟弟程星，我特别想知道他现在的情况，究竟是依然顽劣不堪、劣性不改，还是良心发现、突然醒悟、一心向好了？我以程亮“舅舅”的身份，通过程亮的班主任，终于见到了程星。我悄悄地告诉程星，我是程亮派来了解他在校时的表现的。这显然是程星没有想到的。他大惊失色的表情，让我明白了，他确实转好了，并且很在乎哥哥对他的看法。特别是他的班主任老师，更是对他夸赞有加，看来，他的表现很出色，不然，怎么连班主任都没发现其中的秘密？我悄悄地告诉程星，他的哥哥现在很好，并且向他转告了哥哥程亮的叮嘱。

很快，程亮在“特教中心”的学习期满，并以优异的成绩毕业了。两兄弟又回到了各自的学习岗位。而这个秘密，我也一直牢牢地替两兄弟保守着，直到前不久，我收到两兄弟均被北京一所高校录取的来信，才决定将这个秘密写出来，以此见证两兄弟的深情厚谊，更要告诫天下少年，珍惜亲情，珍惜生命，走好人生每一步。

点评

人的一生，说长不长，说短不短。其间会遇上很多事，经历很多事，也会获得很多东西，更会失去很多东西，但有两样东西却是最珍贵的，那就是亲情与生命。

古峰山下一株茶

从岳阳出发至怀化站,需要坐一晚上的火车,第二天一早,我坐上了去湾溪的大巴车。经过曲折的三个多小时后,车子便停在了古峰山脚下。

下了车,还需要步行大约三小时,才能到达古峰山顶。沿路茶树密布,时值冬季,茶树上的茶籽早已被勤劳的山民采去炼油了,那香喷喷的茶油不但味美,还极利于人体健康,所以很受城里人青睐。

越往深处,只觉满眼都是山,山道弯弯,山峦起伏,并且静得出奇,就连自己的脚步声、不时传来的鸟鸣声,听起来都是那么安静。偶尔有劳作的村民,还有像我一样的游客,在安静的大山面前,无论怎样放肆地唱跳,似乎都无法让它变得热闹起来。

就是在这时,我与一位老人相遇。说是相遇,其实还隔了几个山头,山里人有“望山跑死马”的说法,意思是,尽管你能看到山,似乎山就在自己的眼前,但要真正到达山,却要累死一匹马。我只能看到老人矫健的身影,像音符一样在山岩的琴键上跳跃、舞蹈,却不能与他对话。

向当地人打听,才知道那是一个拾荒的老人,老人无儿无女,并且还不是本地人。他在山脚下租了间屋子,靠捡破烂为生。老人常年在山里拾荒,每拾满两袋子便挑下山去。一袋是可回收的,一袋是不能回收的。可回收的就卖给废品收购站,不可回收的,就放入垃圾处理池内。

至于老人为何要固守于山里,有几种说法,一种说法是,他有个女儿,因为来此旅游,不幸坠落山崖失去了生命,老人来此,是为了长伴自己的女儿。还有一种说法,因为老人年轻时曾跟恋人一起来此旅游,结果恋人不幸坠落山崖,为了怀念那段刻骨铭心的恋情,老人选择了长留此地。

传说毕竟是传说,谁也不能确定其真假,因为老人从不与人交流,或许他是个聋哑人,也或许他根本就听不懂本地人的话。但是,我更愿意相信,老人就是一个普通的拾荒者，虽历尽沧桑，但他经年地劳动，顽强地拼搏，自有他的道理，那就是对这个世界的爱恋。

这个世界可能有我们毫不知晓的美丽，让他不断咀嚼，不断品味，不断镌刻于心底。他是古峰山石缝里的一株茶，一株极其普通、甚至有些营养不良的老茶，但正是因为千千万万这样的老茶，才使得古峰山更加苍翠、葱郁，充满生机。

下山时，我的手里不知不觉地多了两个袋子，一个袋子里装着可回收的废品，一个袋子里装着不可回收的垃圾。在走过老人的租屋时，我随手将那袋可回收的废品放了进去，将那袋垃圾丢进了不远处的垃圾处理池。

当我做完这一切准备坐上回程的大巴时，无意间回头一看，发现很多和我一样的游客，正从山上陆续往山下走着，他们的手里，无一例外地都提着两个袋子，一个袋子里装着可回收的废品，一个袋子里装着不可回收的垃圾。

点评

大家都知道环保的重要性。可说起来容易，但做起来难。写作其实也是“说”，我们常见的都是喊口号式的说，要想说好，也不容易。怎么办呢？咱们就得想办法说得尽可能生动些。比如，加入一些传说，加入一些故事，最好还得注入真情，这样便生动了。本文如果平铺直叙地光讲环保，可能没人看，就算看了也记不住，但当作者巧妙地加入以上“元素”后，便是一篇好文章了。

温暖的太阳

他喝了不少酒。喝酒对他来说,已是常事。但,这次比之前的任何时候,喝得都要多。他记不清,自己到底吐了多少次。他一边哇哇地吐,一边歪歪扭扭地往前走。

前面的路,泥泞而坎坷,他不时因脚下打滑,或者碰上了沟坎,而摔倒在地。他的身上糊满了泥水,浑身的骨头像散了架似的痛,他想站起来,但却没有一点力气。他就这样躺在泥水里,心里充满了绝望。

一片片乌云在他的头顶聚集,很快,大雨瓢泼而下。他躺在水里,感到刺骨的寒冷。他不停地抖动着身体,想抖掉身上的雨水与寒冷。可是,雨水像是故意要与他作对似的,直往他的衣领、裤腿里钻。雨水与寒冷,就这样不顾一切地钻到了他的心里、骨子里,他不停地打着寒战。

不知道过了多久,雨停了。乌云慢慢地散去,久违的太阳终于露出了笑脸。太阳暖暖地照在他的身上,照进了他的心里。雨水逃走了,寒冷也逃走了。他感到一股股暖流,从头到脚地将他包裹住了。他睁开眼睛,看到了一张笑脸。像太阳一样的笑脸。

"爸爸,你醒了。"身旁是6岁的女儿,睁着一双大眼睛,正关切地望着他。女儿的一只小手,轻轻地抚摸着他的脸颊,另一只小手还在给他掖被子。

他这才发现,自己居然躺在客厅冰冷的地板上,但身上却盖着一床被子。客厅里到处是他吐的秽物。女儿准备起身继续去清扫秽物,他却一把将女儿搂进了怀里。他的眼泪大颗大颗地往下掉。女儿一边给他擦眼泪,一边不解地问:"爸爸,你怎么哭了?"

他说:"乖女儿,爸爸没哭,爸爸这是高兴呢!"他看到女儿那张像太阳一样的脸,不由自主地笑了。女儿见爸爸笑了,于是笑得更开心了。

谁都不知道,他刚刚经历了一场灭顶之灾,他的生意破产了,妻子也跟别人跑了。他艰难地从地上爬了起来。他在心里对自己说，只要太阳还能正常升起，我便不能倒下。他在说“太阳”那两个字的时候，眼里看着的是女儿那张可爱的笑脸。

点评

写亲情的文章很多，如何不落入俗套、写出新意，成了作家们追求的最高境界。在孩子们面前，父亲是高大的山，是能遮风挡雨的树。谁能想到，父亲这个山一般坚强的男人也有脆弱的时候，在父亲脆弱时，孩子也有可能是他的一座山，一座挺立在他心里的山，能给他力量，能让他更加坚强、自信。

最牢固的枷锁

朋友给我送来一只狼狗，这对于一直不太喜欢狗也从没养过狗的我来说，确实是一种挑战。我早就听说过狼狗不但凶悍，而且极其狡猾。为了防止它逃跑，更担心它伤人，我只得用绳套将它关在屋后一个废弃的柴房里。

第二天一早，我打开柴房，竟然发现已是狗去房空。

狗去哪儿了呢？我来时，柴房的门是锁着的，院墙也挺高。经过仔细观察，它很有可能是先爬上院墙旁边的一棵树，再从树上跳到墙头逃走的。

我急忙雇人四处寻找。当找到它时，它正在一户人家后院外的墙角处，撕扯着一只鲜血淋漓的鸡。我赔了人家的鸡钱，将狗带回了柴房。

这次，我用一条橡皮圈套住了狗的脖子，然后用绳索将它拴在了树上。

过了一夜，当我去看它时，发现它又跑了。树下还留着一个橡皮圈和一堆断绳索。我只得再雇人寻找。结果是，这次它正在吃另一家人的鸭子。我赶紧赔偿了人家的鸭子，又将它带回了柴房。

我苦思良策，最终给它拴了一根铁链，而且是拴在一根铁桩上，还将院墙边上的那棵树给砍了，确保它不会再次出逃。

可是，次日清早，我再去看它时，仍然是狗去房空。我发现，院里除了一堆断铁链外，还在墙上发现了一个洞。

我百思不得其解，于是向朋友请教。朋友问我，你给它吃的了吗？我说给了，我每天都去给它送饭。朋友说，它不吃饭，只吃肉。朋友又问，你锁它了吗？我说锁了。朋友说，只要有门，不需要锁。

我听朋友的，从此不再上锁，只是在柴房里给它垫了一个窝，连柴房的门都不曾关过，当然，我每天都会给它一块肉，从此，狗再也没有逃跑过！

就这样，我每天用一块肉，便轻松地将一只关不住、锁不住、凶狠而狡猾的大狼狗给拴住了。

点评

文章巧妙地利用狗的弱点，告诉人类一个道理：在这个世界上，不少有才华、有能力的人，在恶劣、困苦的境遇面前都毫不畏惧，却逃脱不了利益的枷锁。

跟昨天竞争

大舅打来电话,说表弟已经博士毕业了,现在正攻读博士后,并获得了一份国家专利奖。表弟是我们几个表兄弟表姐妹中学历最高,成就最大,要说智力,却是最低的。可是,为什么他却读到了博士后,而我们众多的表兄弟表姐妹最多的也就是大学毕业,就再也不愿继续读下去了?作为当记者的我,自然不能不去采访表弟了,我问他是如何克服困难坚持到今天的,有什么秘诀吗?他却笑着说:"其实也没有什么秘诀,那时,我竞争不过别人,我便跟自己竞争而已,没想到我还真找到了一个好办法。"接着,表弟还给我讲了一个小故事,他说还得感谢那一段在乡下养猪的日子。

因为小时候患过脑膜炎,表弟上小学时还不能像正常人那样说话。舌头不听使唤,口齿不清的表弟几乎没被老师点名回答过问题,于是表弟总觉得自己不如别人,哪怕就是再努力也不可能赶上别人的,为此,表弟心灰意冷,不但经常逃课,还动不动便发脾气,跟同学们打架,学习成绩也一落千丈。每每谈及表弟,大舅、大舅妈便满脸无奈地叹着气。

为了给表弟治病,大舅和大舅妈不知道访了多少名医,费了多少钱财和精力,可是,表弟的病情并没有好转。最后,大舅只得将表弟送到了乡下我二舅家。二舅办了个养猪场,大舅想,既然表弟不喜欢读书,那么就让他跟着二舅学养猪吧。于是,每天表弟都要去二舅的养猪场帮忙,打扫猪舍,给猪喂饲料,表弟居然干得很好。也许是因为在这里没有了其他同学的压力,表弟说话也慢慢地变得利索了。

可是令表弟不解的是,二舅居然还会给一些小猪听录音机,录音机里放的居然就是小猪平时吃饲料时的声音。二舅告诉表弟,那些小猪都是一些体形瘦小或者是带有残疾的小猪,如果将它们和那些大猪放在一起,那它根本就吃不到食物,还会受那些大猪的欺负,所以只得单独关在一边。但是如果离开了集体,小猪又会感到孤单,不肯吃食。这时,二舅想,要是能让小猪既感到有同伴在跟它抢食,又不至于伤害到它那该有多好啊。如果将其他大猪的声音录下来给它听,又怕它受惊吓,于是二舅便想出了一个办法,那就是将它自己平时吃食时的声音用录音机录下后,在它再次吃食时放出来,这样它便会觉得有一只小猪在跟它抢着吃,它吃起食来便很起劲。结果,它一天比一天吃得又快又好,于是,二舅便总是将它昨天吃食的声音今天放给它听,当听到录音机里的声音更加响亮时,小猪吃起来也更加欢快了,其实它只是在跟昨天的自己竞争而已。

二舅的一个无心之举竟然给了表弟极大的鼓励,看到那些瘦小病弱的小猪也能够长得肥胖而精神,表弟感动得泪流满面,于是他想,我为什么就不能跟昨天的自己竞争呢。于是,表弟回到了学校。接着,表弟有些腼腆地说:“其实,我只不过是每天都在跟昨天的自己竞争而已,我每天只比昨天的自己多进步一点点,多年后便形成了习惯,于是每天都要比昨天的自己多做一些事情。比如,昨天我背了三个单词,今天我便会比昨天多背一个单词,没想到最终竟成就了今天的我。”

点评

是的,很多时候,我们都不能够跟那些强者比较,因为差距太大,很容易让自己失去信心。如果只是比昨天的自己多进步一点点,我们每个人都能够做到,这样坚持下去,成功就在眼前。

不可缺少的人

李海是一位品菜师，王林则是一位厨师，两人同在“醉仙人”酒楼供职了十几年。每天，当王林做好的菜，被服务员从厨房端出来之后，首先就是交给李海品尝，在李海品尝了并且获得了他的许可之后，才会端到客人的桌上去。

刚开始的那几年，王林做的菜在李海品尝之后还经常遭到退回，在李海的“百般刁难”之后，慢慢地，王林做的菜退得越来越少了，特别是近几年，居然一个菜也没退回过。每次当李海品尝之后，还不由自主地发出啧啧的赞叹声。同时，“醉仙人”酒楼的生意也越来越红火。

可是，天有不测风云，李海突然被医院查出自己患了咽喉癌，在他做完手术之后，虽然咽喉治好了，但却留下了后遗症——失去了味觉。一个以品菜为职业的人，突然失去了味觉，那还不得下岗？为此，李海苦恼不已。好在王林做菜的技术已经炉火纯青，也不再需要他来品尝了。

一天，李海终于跟王林断断续续地表达了自己想离开酒楼的意思。可是，还没等李海将事情讲清楚，王林便急切地说：“不行、不行，你可不能走，你要是走了，今后还有谁来给我品菜呢。”李海说：“你现在的厨艺已经达到炉火纯青的地步了，根本就不需要别人来品菜了。”但王林说什么也不让李海走。

李海自然是不想走的，因为他也有一家人要养活，但他又是一个要强的人，明明知道自己失去了味觉，还要假装在那里品菜，那不是坑人吗？他想，如果“醉仙人”酒楼的老板知道自己是这么一个“小人”，那他的脸还往哪搁呀？最终，李海还是选择悄悄地离开了。

那天，正当李海在一个广告栏前看招工广告时，突然遇到了“醉仙人”酒楼的老板。老板一把抓住李海，就像抓住了一根救命的稻草一样，对他说：“可找到你了，你不知道，自从你走后，酒楼就乱了套，已经有好几个客人要求退菜了，照这样下去，那我的酒楼迟早是要倒闭的！李海，我求求你了，你就跟我回去吧，哪怕是装装样子也行啊!”

李海苦着脸说:“老板,我不是跟您说过了吗,我已经没有味觉了,吃什么东西都是淡淡的,哪里还能品出菜的味道啊!”老板突然来了主意,说:“你失去味觉的事情,只有我们两个人知道,这事只要不告诉王林与酒楼的客人们不就行了。王林之所以这几天发挥不好,完全是受了你离开的影响,只要你还像往常一样坐在那里品菜,王林的心里没有顾虑了,自然发挥就正常了嘛!”

在老板的苦苦哀求之下,李海只得同意回酒楼。结果,出人意料的是,客人们竟然没有一个人退菜了。虽然一切又回到了原来的样子:王林做菜的手艺发挥得好,酒楼的生意非常火爆,只是,李海却受不了自己假模假样地坐在那里品菜的样子。明知道自己失去了味觉,还要假装品出了鲜美的味道,这让他的心里很难受!

但“醉仙人”酒楼的老板却不这么想,他只要自己的生意好,管你是不是真的在那里品菜呢。见李海不高兴,又提出给他加工资,只要他不走就行。无奈,李海只得留了下来。

时间过得很快,转眼又是十几年时间过去了,李海和王林都到了退休的年龄。在这十几年时间里,李海的心里一直有一个疙瘩无法解开,为此,他每天都经受着良心的煎熬,在退休之际,他决定一定要将自己心里的疙瘩解开,那就是向王林说明一切真相,不然,他就是死也无法瞑目。

可是,当王林得知真相后,竟然毫不惊讶。原来,王林早就看到了李海的手术单,并清楚地知道他已经失去了味觉。李海吃惊地问:“既然你早就知道我是在那里假装品菜,为什么又发挥得那么好了呢?”王林认真地说:“老哥,你不是也说过吗,我做菜的手艺早就达到了炉火纯青的地步了,哪还需要人品菜呀?你想想,你在酒楼里干了那么多年,一旦离开,又能干什么工作呢,你可是跟我一样,上有老下有小,一大家子都需要你来养活啊!”

李海听着听着,不知不觉便流下了眼泪,说:“这么说,那时当我走后,你是故意将菜做坏让客人退菜,然后达到将我留下来的目的的?”王林点了点头。李海激动地说:“老弟,你对我真是太好了,为了我,你得受多大的委屈啊,在别人眼里,你永远是一个不成熟的厨师,永远离不开品菜师,你为我付出得实在是太多了!”王林说:“老哥,什么都别说了,如果当时那个有可能下岗的人换成是我,我想,你也一定会这么做的!”

说完,这对在一起工作了半辈子的老哥俩,紧紧地拥抱在了一起。

点评

友谊很可贵,现代社会,每个人都有个小圈子,那个圈子里有志同道合的人,也有一起喝酒的人,通常称作“铁哥们”。但真正的朋友,却是那个帮助了你,而你却不知道的人。

把美丽移进心里

在一位摄影家朋友处,看到了不少美丽的图片。特别是有一张,正在我惊讶不知是哪国的何种建筑时,朋友告诉我,那只不过是咱们家乡随处可见的、一个废弃的喜鹊窝而已。我带着疑惑仔细看时,还真是喜鹊窝。

一个破败的鸟窝,竟然被拍成了如此"宏伟"的建筑,实在令人惊叹。还有一张图片,我反复研究,也说不出拍的是世界上哪个大峡谷,只是深深地被那份幽深和神秘所倾倒。朋友却告诉我,他拍的是一块干牛粪。一块干牛粪,置于路边,路过它身边的人,可能连看一眼的欲望都没有,可是却被摄影家拍出了它无比美丽的一面。

还有许多平凡、甚至是丑陋的东西,都被他拍出了特别的效果,可以说不俗,或者说美丽。我不解地问他是怎么做到的,他说,只要心存美丽,以美丽的眼光去看世界,那么世界上所有的东西就都是美丽的。

想起一个人。她是我多年前供职的杂志社副主编。七十多岁的人了,无论走到哪里,都让人觉得非常美丽,不管是穿着、谈话,还是行动。那种由内而外的美,总是让人由衷地欣赏、赞叹。

有人大胆地开她的玩笑,说:"您年轻时一定是个大美人。"她毫不介意地,甚至是俏皮地笑着反问:"难道我现在就不美了吗?"人们都开心地笑了起来,说:"美,比年轻时更美!"她不仅人美,只要与她在一起,周围的人都会觉得自己也一样很美,就连气氛也是美的。

有记者随机采访她:"每个人都会随着年龄而衰老,所以美丽不再,您为何能做到长久地保持自己的美丽呢?"她说:"因为我把美丽从脸上移进了心里。"

这就是为何有些人,不管变得多么衰老,依然不失他们的美丽了,原来,他们将美丽从脸上移进了心里。

点评

有一颗年轻美丽的心，远比年轻美丽的容貌重要。容貌容易衰老，但心却可以永远年轻。美丽的心不但使人变得更年轻，还能感染周围的人，让别人的心态变好。只要人人心存美丽，世界也就会变得更美丽。

相信与怀疑

有两个孪生兄弟，哥哥总是轻信于人，而弟弟却总是怀疑一切。由于兄弟俩的观点不同，所以经常发生争吵。

一次，一个女人背着个孩子，说孩子生病了，急需医药费，并且愿意以低价出售自己家传的一个金佛像。哥哥当即便按那个女人的要求取了五千元钱给她，并留下了金佛像。可是，那金佛像却是铁做的。为此，哥哥没少受弟弟的数落："谁让你轻信于人的，这下上当了吧！"

还有一次，一位富商找到弟弟，想跟他做一笔生意。弟弟却不相信那人是个富商，便毫不犹豫地拒绝了。可是，他们的邻居与富商合作之后，却赚了大钱。为此，哥哥也训起弟弟来："你看你，总是不相信人，这下好了，一个发财的机会就这样错过了吧！"

尽管哥哥老是因轻信于人而上当，但他依然相信这个世界上的一切。同时，尽管弟弟老是因为怀疑这个世界上的一切而错过了许多机会，但他也依然改变不了自己怀疑一切的态度与习惯。

后来，哥哥因为总是轻信他人而上当，屡屡丢失了钱财，生活过得异常艰难。弟弟也因为总是怀疑他人，所以从来没有获得过机会，生活也过得窘迫不堪。见哥哥过得不好，弟弟便常常埋怨他："你能不能不要再相信别人了，他们都是骗子！"见弟弟过得不好，哥哥也常常埋怨他："你总是怀疑别人，这样你永远也得不到机会。"两人相互埋怨，但又互不服气。于是，哥哥和弟弟也一直没有中断过争吵。

一天，两人一起去向一位智者请教，以便能早日走出生活的困境。智者的话让两人又一次争吵了起来。智者说："你们两人其实都是一样的。"

哥哥首先不服气了，说："我跟他怎么会是一样的呢？我为人处世时，一切都是以善出发的，为此，我宁愿误信他人也在所不惜。"弟弟也不服气，说："我可从来没同意过哥哥的观点，所以我跟他是完全不同的人。他从来看不清这个世界的本来面目，而我却一目了然，这个世界上的一切都是值得怀疑的。”

这时，智者说：“你们虽然一个人总是相信一切，而一个人又总是怀疑一切，但却有一个共同点，那就是两人在为人处世上都省去了思考。遇事不思考，而以自己的喜恶来处世，最终都会失败的。”

点评

总是相信一切，或者总是怀疑一切，都是不可取的。世界既大也复杂，所以还需要学会去思考、分辨。凡事均需三思而后行。

理想生活的标准答案

20 世纪 80 年代，村里人干活时都还在用肩挑、手提时，他竟然开上了手扶拖拉机。手扶拖拉机干起活来，要顶几十个劳动力呢，于是，他成了村里的富人。

于是，大家都羡慕地对他说："有了这个铁家伙，干起活来多轻松呀，你真能干！"谁知那人竟然一脸愁苦的表情，说："能干什么呀，我正烦着呢！"人们不解地问："你还烦呀？那我们还活不活呀？"那人说："你没看到城里停满了小货车吗？我正在为购买小货车还差钱而烦着呢。"

不久，人们发现富人还真开了辆小货车回来。很多人去向他道喜，说："这下如愿以偿了吧，我们连手扶拖拉机都没有，你却开上小货车了，真是了不起呀！"

人们原本以为这下他会开心了，没想到，他还是一脸愁苦的样子，说："小货车是有了，可停在哪里呀，连个车库都没有。"那时，大都是泥瓦房，就算有个院子，也是篱笆墙，人们甚至连"车库"这个词都没听说过，更别说它有什么用了。

几年后，当人们看到他盖起了小洋楼，并且还在一楼设了个大车库，这才明白，原来车库是用来停放小货车的。当大家见到他时，发现他依然一脸愁苦的表情，人们不禁要问："你不但有了车库，连小洋楼都有了，还有什么不高兴的呢？"他叹了口气说："大家不知道，我早就想买一辆大卡车，可是现在还差不少钱呢！"

在富人的隔壁，住着另一户人家，他是村里典型的贫民代表。住的是几十年前建的泥瓦房，劳作时，除了肩挑、手提外，便得靠那头牛了。因为与富人挨得近，自然地，他的境况便与富人形成了强烈的对比。有人问："人家都买小卡车了，你还在肩挑、手提的，不觉得累呀？"他乐呵呵地说："不累不累，不是还有一头牛跟我一起干活嘛！"

别人又问："人家都住上小洋楼了，你怎么就不想改善一下自己的居住环境呢？"他又乐呵呵地说："都住了几十年了，早习惯了。"

别人再问:“人家都快买大卡车,可以挣大钱了,你不羡慕吗?”他还是乐呵呵地说:“他每天是三顿饭,我不也没饿着吗?”人们觉得,这人真是没救了,纷纷摇头叹息而去。

在常人眼里,两人的贫富一目了然,因为富人一直在努力奋斗,并且过上了物质充裕的生活。而穷人则得过且过,并且物质生活贫乏。

但在哲人眼里,却完全相反:富人虽然生活富足,但却有一颗贫穷的心——内心装满愁苦,一生没有快乐过。而穷人虽然生活贫困,但却有一颗富有的心——内心装满快乐,一生不知愁滋味。

有人要说:我不想活得像富人那样,虽然有物质,但却不快乐,也不想活得像穷人那样,虽然快乐,但却没有物质,怎么办呢?像这么理想的生活,在现实生活中究竟有没有?有。标准答案是:进取,但知足。

点评

幸福是什么?这是一个千百年来都无解的问题。日本作家芥川龙之介说过:“希望上帝不要让我穷得饭也吃不上,也不要让我富得山珍海味都吃厌。”穷人自然不幸福,但富得流油就一定会幸福吗?显然不是。芥川龙之介告诉我们:只有走在追求幸福的道路上的人,最幸福。

让人成功的古董

多年前,他还是老家小县城一家纺织厂的工人。每天跟着师傅一起上下班,说是师傅,其实也只比他早上班一年,年纪也差不多大,都是处在工厂最底层,干着最苦、最累的活,工资待遇也是一样的。工厂的效益很差,尽管他们拿着最少的工资,但还是老发不下来。

那时正是改革开放初期,不少人下海淘金赚了钱,他和师傅也动心了。

他和师傅一样,都是成了家有了孩子的人,在厂里上班虽然辛苦,待遇差,但好歹还能养活一家人。于是,他们常常幻想,要是有一笔存款就好了,这样便能保证一家人至少几年的生活费用,他们也就能够一心下海干事业了。可是,两人都是工人阶层,就是过日子都难,哪还有存款?

突然有一天,他高兴地跑去告诉师傅,他从自己的祖宅中找到了一件古董。师傅一看,顿时两眼放光,说:“少说也能值上万元吧。”那时的万元户还不是很多,于是他动员师傅,不如咱们一起下海算了,有了这笔钱,咱们做什么不好?师傅有点犹豫,说:“那是你家祖上传下来的,我怎么好意思用你的钱?”

因为拗不过师傅,他只好一个人下海了。由于一时没找到合适的项目,所以他也就没有将祖传的古董出手,而是决定先找份工作。那时,沿海到处都是工厂,都缺少工人,于是他很轻松地便在一家机械厂找了份当门卫的工作。因为天天与机械打交道,不知不觉中,他对机械也熟悉了起来,特别是看到那些技工都拿高薪时,他的心里便痒痒的。于是,他说服主管,将他调去当了一名技工。

几年后,由于他的好学上进,他当上了该厂的技术总工程师。再后来,他自己开了家机械厂。他的手下管着好几百名工人,还跟外国人做起了生意。

成功后的他很想回家乡去看一看,终于他又回到家乡的小县城,并意外地发现师傅正在路边摆缝纫摊,以给人钉个纽扣、换个拉链为生。他心里一酸,将师傅叫去酒楼,两人喝起了酒,他觉得自己应该帮一帮师傅。

一杯酒下肚，师傅说：“真是没想到，你如今都当上大老板了。”他说：“是的，我也没想到，我今天能混到这个程度，如果当初没有那件古董，也许我还下不了决心。”说着，他从怀里掏出了那件古董。

一看到古董，师傅突然泪流满面，说：“对不起，那个古董其实就是个假货，我、我对不起你啊！”原来，那个“古董”是师傅偷偷地放入他的祖宅中的，那时，他们的纺织厂效益极差，厂里天天想着裁人，师傅知道，如果他走了，自己就有可能被留下来。果然，他发现了“古董”，并按照师傅的“愿望”离开厂子下海了，而师傅也真的被留了下来。只是，没想到几年后，工厂垮了，师傅还是下了岗。

他平静地对师傅说：“我知道。”师傅一惊，说：“你知道？你知道，为什么还要离开厂子下海呢？”他说：“当时，我确实不知道，不然，我也没那个胆下海的。是我开厂之初，因为缺少资金，所以我想将古董出手，买家说是假货，我这才发现的。”

师傅这才哭出了声：“我对不起你啊！”良久，师傅问：“那你还来找我干什么？是不是来向我兴师问罪的？”他摇了摇头，说：“师傅，我不怪你，当时你也确实困难，再说，我现在不是好好的吗？我应该感谢你才对，我来找你，就是想让你去我的厂里工作，现在我混好了，我得帮帮你啊！”师傅说：“谢谢，谢谢你不恨我，还想到要帮助我。”

就在他去服务台买单后回来时，师傅却不见了。同时不见的还有那件“古董”。他发现，餐桌上，师傅喝过的酒杯下面还压着一张纸条，上面写着：谢谢你不恨我，但我还是不能接受你的帮助，这件帮了你大忙的“古董”，现在应该物归原主了，它既然能帮助你成功，我相信，它也一定能帮我实现梦想的。

他拿着那张纸条，沉思了良久之后，轻轻地摇了摇头，之后又重重地点了点头。

点评

能让人实现梦想的，不是金钱，而是深藏于心的那份坚持与自信。

让内心拥有春天

小时候跟父亲去山上砍柴,看到两棵树,一棵表皮衰老毫无生机,另一棵看上去则生机盎然。我建议父亲说:“不如将那棵快要死了的树砍了吧。”父亲说:“你说的是哪棵树?”我指了指表皮衰老而粗糙的那棵树说:“当然是这棵要死了的树啊!”父亲摇了摇头说;“不,这棵树死不了,倒是那一棵树需要砍掉。”

我不解地问:“这是为什么呢,这棵树的表皮看上去都枯萎了,而那棵树的表皮明明还透着青色的光啊!”父亲说:“看一棵树,不光是看表面,还要看它的‘内心’,你看这棵树虽然表皮粗糙、枯黄,但它的‘内心’是好的。而那棵树,虽然从表皮上看它是一副生机盎然的样子,其实它的‘内心’已经枯朽。”说着,父亲用手敲了敲两棵树的树干,那棵表皮枯萎的树发出的是结实的声音,而那棵表皮透着青光的树,发出的则是空荡的声音。

曾听过一个有趣的故事:四处云游的老和尚与小和尚,在经过一个富人的家门口时,发现了一个饿得快要死了的乞丐。乞丐蓬头垢面、浑身颤抖地躺在一个草堆旁,用一双无神的眼睛,乞求地盯着过往的路人。其时,正是冬天,小和尚起了怜悯之心,于是对老和尚说:“您看这个富人真是不厚道,眼看着自家门口躺着一个又饥又冷的乞丐不管,这个乞丐肯定会在这个冬天因饥寒交迫而死去。”谁知老和尚却摇了摇头说:“人的寿命不会因贫富而受到影响。”小和尚不信,于是老和尚说:“你还是等着瞧吧。”

一年后,老和尚与小和尚再次云游至此,没想到那个富人因受不了破产的打击自杀了。而那个乞丐则仍然还躺在草堆旁乞讨,尽管依然潦倒,毕竟生命尚存。小和尚不解地问老和尚:“为什么会是这样的呢?那个富人虽然破产了,但也不至于自杀啊!大不了他也像那个乞丐一样去乞讨。”老和尚说:“表面上看,富人因富贵而强大,但他的内心却十分脆弱;而乞丐看上去潦倒凄惨,但他的内心却十分坚强。富人是因内心脆弱而死,乞丐却是因内心坚强而生啊!”

点评

一棵树如果心藏春天,哪怕风霜雨雪将它吹打得遍体鳞伤,它也有枝繁叶茂的那一天。一个人,如果内心坚强,哪怕遭遇再多的坎坷,甚至步步荆棘,也会以顽强的生命力来与命运抗争。

亲手种下梦想

多年前,我在东莞一家制衣厂的原料仓库当管理员,由于刚刚接触这个行业,再加上货物的种类繁多,我老是记不住哪样货物放在何处。

特别是当工厂的领料员拿着领料单来仓库领料时,就是我最害怕的时候。有时候,因为一样东西找不到,会让我急得满头大汗。偌大的仓库转了一圈之后,如果还是找不到,便只能问另一位仓库管理员了,因为他比我早进厂。

刚开始,那位仓库管理员还很爽快地告诉我,但时间长了,他也不耐烦了:"你和我都是仓库管理员,拿着同样的工资干着同样的事,凭什么事事都要问我呀？就因为我比你早来几天吗?"

面对这烦人的工作,我真想甩手不干了。当初介绍我入厂的老乡,得知我的情况后,说:"先别冲动着去辞职,咱们还是分析一下这烦恼的根源吧。"见我不吭声,老乡接着说:"我问你,同样的仓库管理员,为什么他知道货物放在何处,而你却不知道呢?"我理直气壮地说:"他比我先到啊!"老乡点了点头,说:"这是一个理由,那么,除了这个理由呢,还有没有其他理由?"

我仔细想了想,说:"还有就是,所有货品都是他摆放的。"老乡一拍大腿,说:"这就是问题的关键所在了,货品都是他摆放的,所以他知道放在何处,那么你为何不将货品按照你的方法重新摆放呢,这样,你不是就知道所有货品都摆放在何处了?"

我还有点犹豫,说:"可是,那得需要花多少时间和精力呀！再说,他在整理货品的时候,我也都是在一边看着呢!"老乡不容我分辩,说:"眼看不如手动,我觉你还是得花点精力,自己动手吧。"

听从老乡的建议,我花了整整一星期时间,将货品全部按照我的方法,重新整理了一遍。结果,当工厂的领料员再来领料时,我总能在第一时间将货品拿到手。慢慢地,另一位管理员竟然也要开口向我询问货物摆在何处了。

点评

我们眼看着别人在干事业，哪怕盯得再紧、再牢，那也不是自己的；我们眼看着别人成功了，哪怕看得再真切、再仔细，那也不是自己的。只有自己动手去干的事业，才是自己的；也只有自己亲手种下的梦想，才能结出属于自己的果实。

第二辑　付出与收获

常常有人说:“只要你付出了,就会有所收获。”还有人说:“一分耕耘,一分收获。”可是,现实往往事与愿违,更多时候,付出与收获却不成正比。特别是初入社会的年轻人,往往付出了,却没有收获,或者付出多,收获少。于是有人因此泄气了,不再付出了。要知道,虽然付出了,不一定有收获,但是,如果不付出,就一定不会有收获。

没人会责怪你的精心准备

近几年来,魔术类节目红遍大江南北。不管是茶楼、歌厅,还是电视台,都有魔术节目在不断上演。

什么大变活人、水里逃生、空手变鸽子、空手变金鱼等,对于不断推陈出新的魔术,虽然明知那是假的,但因其许多的不可思议,还是给观众带来了无限的惊喜与乐趣。

在一档魔术节目中,当一名魔术师结束表演后,观众们竟然忘了鼓掌,一个个像着了魔似地目瞪口呆。好半天后,还是在魔术师的“提醒”下,全场观众这才突然“醒悟”过来,并爆发出了巨大的掌声。

在观众们意犹未尽之时,主持人适时地提出了疑虑:“这个魔术为什么会这么神奇?魔术师又是如何做到在观众面前不露出破绽的呢?”魔术师说:“其实,魔术对于观众来说,是不公平的,因为一个魔术,魔术师通常需要在台下准备少则几个月、多则数年的时间,而留给观众观看的时间,仅仅是几分钟。试想,人家用那么多时间准备的节目,你要在几分钟内将它解密,那怎么可能呢?”

虽然魔术师一再强调对观众“不公平”,但观众却没一人因此而生气。依然衷心地送上了自己最热烈的掌声。

我想,没有哪个人会为别人的精心准备而觉得不公平,或者生气。一位应试者,由于之前做了精心的准备工作,在应试时,顺利地通过了考官的各项测试,考官不但不会生气,而且还十分赞赏。一个学生,在考试前做了精心的准备,考出了好成绩,教师也不会因此而生气,反而会感到很欣慰。

精心准备,代表了一个人的勤奋、敬业,未雨绸缪的智慧,以及未知先觉的眼光。被人誉为智慧化身的诸葛亮,为了赢得一场胜利,总是在事前的几天内,便要做精心的准备工作。比如《草船借箭》,得提前观天文测地理。有的准备工作甚至提前了数十年,比如诸葛亮所设的八阵图,便可胜过十万雄兵,并且是在多年后失意的时候才派上用场的。

点评

可见，精心准备对一个人的事业与人生有多么重要，但凡是因精心准备而赢得的事业与人生，又总是令人钦佩和景仰的。因为，没有人会责怪别人的精心准备。

自己生长

正是春暖花开、乡下下种的时节，我突然很想亲自再种一次西瓜。于是，趁星期天，我到老家，找母亲要了一块地，像年少时那样，整地、挖沟、施底肥、盖土、放入西瓜籽，待浇透水后，再盖上薄膜，然后，便是耐心地等待西瓜籽发芽了。

我在做这一切时，六岁的女儿也找我要了种子、肥料、水和薄膜，她说，她也要亲手种一回西瓜。

我种完西瓜后，便回屋看书去了。但女儿却舍不得离开她刚种下的西瓜。她蹲在属于她的那一小块瓜地旁，瞪大双眼一眨不眨地看着自己刚撒下的种子，生怕一眨眼，西瓜芽便从土里冒了出来，而她便失去了观看的机会。

中午，快吃午饭时，我发现女儿还蹲在瓜地旁，便去叫她吃饭。女儿依依不舍地问我："爸爸，我种的西瓜怎么还不发芽呀？"

我正想说还早呢，突然发现女儿瓜地上的薄膜是开着的。于是我问女儿："这薄膜怎么没盖好？"女儿说："我想看看西瓜籽发芽了没有。"原来，女儿每过一阵子，就要揭开薄膜看一看西瓜籽发芽了没有。

中午吃饭时，我们边吃饭，我边跟女儿讲种西瓜的常识，西瓜籽种在土里之后，在气温与湿度适合的情况下，需要三至七天才能发芽。

女儿听了，依然一脸的不解，问我："为什么要三到七天，而不是马上就能发芽呢？"我只得耐心地解释，那是自然规律。女儿急了，说："明天是星期一，我要回城里上学，如果西瓜籽今天长不出芽来，那我不是要等到下个星期天才能看到吗？"

我想起妻子还给女儿报了舞蹈班，因为星期六要学习绘画，便只能安排在星期天了，也就是说，下个星期天，就算西瓜籽发芽了，女儿依然看不到她亲手种下的西瓜发芽的样子。

于是，我说："下个星期天，你还要去学习舞蹈呢！"女儿一听，便哇的一声哭了，并放下碗筷，不依不饶地说，她很想尽快看一看，自己亲手种下的西瓜发芽、生长以及结出西瓜的样子。

我趁机教育她：爸爸妈妈都是为她好，给她报了那么多兴趣班，跟同龄孩子相比，她便不会输在起跑线上。接下来，我又以身说法：爸爸当年因为家里穷，爷爷奶奶从没给爸爸报过什么兴趣班。

好不容易将女儿哄好后，我见母亲正定定地看着我，便问母亲："当年为什么不给我报个写作兴趣班？"

母亲笑了笑，说："我没给你报写作兴趣班，你现在不也成作家了吗？"我一怔，母亲说得确实没错。接着，母亲说："西瓜籽种在土里之后，只要给了它适当的气温和湿度，三到七天便会发芽的，人也一样，只要给了他一个适合的生长环境，他自会慢慢长大的。"

我没想到，当了一辈子农妇的母亲，竟然说出了这么一句充满哲理的话来。我羞愧得不再说话，心里想着，下个星期天，一定要让女儿看到她亲手种下的西瓜籽发芽的样子。

点评

植物需要适合的环境才能生长，人也是这样。植物需要自己生长，人也需要自己生长，拔苗助长式的教育只会适得其反。

逆来顺受的成功

在辞典里,逆来顺受是指对恶劣的环境或无理的待遇,采取顺从和忍受的态度。通常情况下,人们在对待恶劣的环境或无理的待遇时,都会采取奋起反抗的方式,所以,逆来顺受就被人们看成是一种懦弱和消极的表现。

可是,有一位商人却在一次记者招待会上语出惊人,他说自己成功的秘诀就是“逆来顺受”。在商场里,遇到挫折那是常有的事,比如遭到对手的打压,遇到金融风暴。这时,如果奋起反抗,就有可能将事情弄得更糟,如果选择逆来顺受,也就是采取顺从和忍受的态度,只要假以时日,反而会出现转机。

商人还为大家讲了一个他的爷爷,一位老商人的故事。老商人的生意做得不小,但挫折更多,时常遭到对手的打压,对此,老商人总是逆来顺受。因为从不与人计较,对手们竟然渐渐地与老商人成了朋友,有的还成了合作者。特别是有一次,老商人独自去远方进货,在通过一个无人的峡谷时,天便黑了,可怕的是还遭遇了狼群,老商人被狼群逼进了一个山洞。老商人知道,狼群还不是最可怕的,最可怕的是那山洞里的山蚊。早在很多年前,老商人便听到过关于山蚊吃人的故事,只要在夜晚遇到山蚊,人便无法活着回去。可是,老商人却奇迹般地活了下来。

在遇到山蚊袭人时,一般人都会采取不停地拍打、蹦跳等反抗的方式,可是,没想到山蚊太多了,无论怎么反抗,都赶不走山蚊,只会引来更多的山蚊,赶走了一批,又会迎来一批新的山蚊。而老商人却采取了与常人不同的方式,他静坐在洞内一动不动。虽然紧挨着老商人身体的山蚊都吸饱了血,但因为老商人没有动,所以那些山蚊虽然不再吸血了,却依然趴在老商人的身上,这样便有效地阻止了其他山蚊的入侵,当天亮之后,狼群与山蚊一同散去,老商人这才从容上路。就这样,老商人以逆来顺受的处世方式又一次成功了,而且还是赢得了宝贵的生命。

从此，老商人这逆来顺受的经商与处世方式便一代代地传了下来。其实，在我们的人生中，并不是每一件事情都需要与人针锋相对，比如在闹市中与人不经意的一次碰撞，被小商小贩们多算去了一些零钱等，只要不是大是大非的原则问题，都能以“逆来顺受”的方式来进行化解。

点评

逆来顺受并非随波逐流，应该是随遇而安。宽广、豁达的胸怀，恬淡、平静的心境，能使人生多一份从容与淡定，少一份计较与烦扰。

付出与收获

女儿虽然只有5岁,但制造“垃圾”的力量却异常强大。女儿会将报纸一点点地撕碎,然后再将碎纸屑撒满房间的每一个角落。

吃饭的时候,不消一会儿,女儿面前的餐桌上便撒满了饭粒。当一餐饭结束后,餐桌旁的地板会被菜汤、饭粒、骨头占满,甚至连她的衣服上,也沾满了汤汁与饭粒。

为此,我和妻子很苦恼,因为打扫起来十分烦琐。但女儿似乎对我们的劝说、警告、恐吓,甚至是打骂都不介意,依然“我行我素”。

最后,妥协的还是我与妻子。我们认为,女儿长大后懂事了,就不会这样了,现在唯一的办法就是,跟在女儿身后清理她“制造”的垃圾。

突然有一天,我认识了一位幼教专家。专家的话令我半信半疑,专家说:“很多孩子都有这样的‘毛病’,如果不及时纠正,长大后就很难纠正了。其办法是,让孩子自己来清扫自己‘制造’的垃圾,清洗自己弄脏的衣服。”

让女儿来洗衣和扫地?这可是我们从未想过的事情,她还那么小,我们怎么忍心让她做这些事情呢?再说,就算我们忍心,她也做不了啊!

在专家的一再强调下,我们才决定一试。尽管已经有了足够的心理准备,但当女儿小小的手,拿起比她还要高一截的扫把时,我们的心便揪成了一团,特别是当她吃力地用拖把拖地时,我们更是心疼得不行。

望着女儿满头大汗的样子,几次我们差点接过她的拖把,但想起专家的话,还是忍住了。

结果,奇迹出现了,渐渐地女儿不再乱扔纸屑,不再随意地将饭菜掉在餐桌和地板上了。而且,一餐饭下来,她的衣服也是干干净净的。

再次与专家相遇,说起孩子的变化,见我们一脸不可思议的表情,专家解释说:“只有劳动者,才懂得保护自己的果实。因为地是孩子打扫干净的,衣服也是孩子洗干净的,孩子自然会懂得保持衣服与房间的卫生。”

点评

只有劳动者，才懂得保护自己的果实！一个没有付出过劳动的人，是不会懂得果实的珍贵的。经常听到外国富翁说，自己死后，所有财产都将捐献给慈善机构，而不是留给子女。这不正是担心子女因不劳而获，而不懂得珍惜吗？

痛苦的力量

他是一个成功的企业家,也可以说是一个生活中的强者,尽管他屡战屡败,但却总是屡败屡战。最终,他创建了一个年产值达亿元,并且拥有数千名员工的庞大企业。有人问他,究竟是什么原因让他变得如此强大。他回答说:"是痛苦,正是因为许多痛苦的经历,让我变得越来越坚强!"

他是一个流浪汉,无妻无子,居无定所。经常是饥一顿饱一顿,有时睡在桥下,有时睡在马路边。不管是路人,还是小孩,都可以随意欺负他,只是他从不还手,总是逆来顺受。从他落魄的境况中可以看出,他完全是一个生活的弱者。有好心人给他送去一个馒头,他边吃馒头时,好心人边问他,究竟是什么原因让他变得如此凄惨。他回答说:"是痛苦,正是因为许多的痛苦经历,让我变得越来越脆弱!"

他是一个慈善家,经常给那些需要帮助的人捐款捐物,受过他恩惠的人不计其数。可以说,他是一个不折不扣的仁者。哪怕是遇到了骗子,他也毫不犹豫地解囊相助。很多人对他的行为不解,他却说,宁肯被骗,也不能放弃对一个需要帮助的人进行帮助。有人问他,是什么原因让他变得如此仁慈。他说:"是痛苦,正是因为许多的痛苦经历,让我成了一个仁者!"

他的名声很不好,因为他不但偷盗,还干过抢劫的勾当。特别是因为行凶伤人,还坐过牢,可是他却屡教不改,从牢里一出来,又变成了原来的样子。于是,大家都说他是一个残暴的人。当他又一次行凶伤人之后,面临审判时,法官问他,是什么原因让他变得如此残暴。他说:"是痛苦,正是因为许多痛苦的经历,让我变成了一个残暴的人!"

他是一个智者。学富五车,桃李满天下。很多人都喜欢听他的课,不少人因为他而获得了改变。可以说,许多人一生都会受到他的影响。有人问他,是什么原因让他变得如此聪慧。他说:"是痛苦,正是因为许多痛苦的经历,让我明白了许多人生的道理,变得越来越有智慧!”

他是一个愚笨的人,就连一些简单的道理他都不懂,而且不管人们怎么教他,他也学不会。可以这么说,他完全是一个愚蠢的人。有人问他,是什么原因让他变得如此不谙世事的。他说:“是痛苦,正是因为许多的痛苦经历,让我变成了现在这个样子。”

可见,痛苦的力量是多么巨大！有句名言是这样说的:痛苦是性格的催化剂,它使强者更强,弱者更弱,仁者更仁,暴者更暴,智者更智,愚者更愚。

点评

人之成败,也不能全怪痛苦,因为真正能够影响到人的,并不是痛苦,而是自己的内心。因为痛苦不能将弱变强、将愚变慧,只能将强变得更强,将愚变得更愚!

希望清单

在这个世界上，几乎每个人都有一份希望清单。比如：希望自己变得更漂亮，希望自己变得更富有，等等。在一张白纸上写下自己的希望清单，当然，也可以将这份清单藏在心里，只是需要你牢牢地记住就可以了，因为这份清单能够给自己树立一个理想，给自己的未来许下一个诺言。也正是因为有了这份希望清单，人们便有了生活的目标，有了奋斗的动力。

既然是一份希望的清单，那么就需要人们努力地去实现它。据英国一份网络调查，在这个世界上，只有不到百分之二十的人，实现了自己人生的希望清单。也就是说，还有百分之八十的人，没有或者说无法实现自己人生的希望清单。

当然，从幸福指数来看，那些实现了希望清单的人，比没有实现希望清单的人要高得多。有人要问，这百分之二十实现了希望清单的人，肯定都是那些富翁、明星或者是高官，而那些没有实现希望清单的人，肯定都是穷人、丑人或者是疾病缠身的人。

事实上，真实的情况并不是这样的。不管是在百分之二十的人群里，还是在那百分之八十的人群里，同样有富翁、明星或者是高官，也同样有穷人、丑人或者是疾病缠身的人。

我们来举一个简单的例子：某人在自己的希望清单上写下，在六十岁之前一定要赚到一百亿美元，但他六十岁时，只赚到了九十八亿美元。他为此感到非常失落，认为自己的希望落空了。这种人，就属于没有实现希望清单的人。而另一个人，他在自己的希望清单上写下，在六十岁之前一定要赚到一百万美元，当他满六十岁时，他赚到了一百零一万美元。他为此感到很高兴，觉得自己终于梦想成真了。他就属于那些已经实现希望清单的人。

另外，还有一个这样的故事可以加以说明：一个旅游团，在一个山脚下休整，团长对大家说，你可以选择留在车上休息，也可以去爬山，但时间只有二十分钟。

大多数人选择留在车上休息，只有三个人决定去爬山。那是一个年轻男性、一个中年男性和一个年轻女性。中年男性选择在山脚下走走，年轻男性选择爬到山顶，年轻女性选择爬到半山腰。结果，中年男性很快便回到了车上，那个爬到了半山腰的年轻女性，也在规定的二十分钟之内回到了车上，当年轻男性回到车上时，已超过了两分钟，为此还受到了团长的批评。

在前进的路上，大家一致评定：年轻女性为第一名，中年男性为第二名，年轻男性为第三名。年轻男性显然将目标定得过高，而中年男性又将目标定低了，只有年轻女性定得最合适，既努力了，又在规定的时间内达到了目标。年轻男性不服气地说：“我可是爬到了山顶呀！”这时，大家一齐说：“不要忘了，你还迟到了两分钟呢！”

有句名言叫：人生的目标不是越高越好，而是通过努力刚好实现它最好。所以，实现希望清单的方式有两种，第一种是客观地写下希望清单之后，努力奋斗，争取在规定的时间内实现它；第二种是奋斗过后，如果还不能在规定时间内成功，一定要勇于放弃。

点评

写下自己的人生清单，人生便有了方向，有了奋斗的目标。一个没有人生方向的人，是一个活在糊涂里的人，一个毫无生气的人，那么，他的人生也是毫无意义的。

不声不响地做轮子

他是工厂里一名普通的员工,普通得连老板的面都没见过。每天只知道按时上下班,任劳任怨地工作,除了工作需要以外,从不多说半句话。那时候,由于找工作的人多,厂家从不缺少劳动力,所以工人的工资普遍较低。

慢慢地,一些工人因嫌工资低,纷纷辞工走了。再招的工人又是新手,要经过较长时间才能熟练地工作。老板无奈,只好提高工人们的工资。他虽然从不言语,但他也跟着其他人一起涨了工资。

又是几年时间过去了。又有工人不满意原地踏步的工资了。于是有人闹到了老板那里,要求涨工资。因为遇到了金融危机,老板的生意并不好,但为了让工厂正常运转,老板给那些闹事的人涨了工资。

他当然是那没涨工资的一部分人,但他依然按时上下班,任劳任怨地工作着。后来工厂的效益好转了,老板也给另一部分没闹事的工人涨了工资。这次当然也有他。

就这样,经过很多次的调整,工人们走了一批又来了一批,但他始终没有挪窝,依然是一名普通的员工,拿着普通员工的工资,做着最普通的事情。到最后,工厂里最老的员工便只剩下他一人了。

有人不解地问他:“你为什么不争呢? 如果你争,老板也会给你涨工资。”他说:“我不争,老板不是也给我涨工资了吗?”那人说:“老板之所以给你涨工资,那是跟大家一起涨的,现在你是唯一的老员工,可还跟其他员工拿着同样的工资,你应该争呀!”他说:“我不过就是一个普通的员工,肯定得拿普通员工一样的工资了,真是没什么好争的。”

其实,希望他争的人,不只是旁人,还有他的老婆。他是这样跟老婆说的:“你看我,一没文凭二没技术,不管走到哪里都只能是一名工人,有时候,争还不如不争。这样,好歹我有一份稳定的工作,时间长了,也能攒下一份家当。这不,我现在也是有房有家室的人了，虽然生活依然过得简朴，但跟很多当初与我一起进厂，但后来却在四处转厂的人比起来，我却要好得多。他们虽然争来了较高的工资，但许多青春时光也都浪费在了转来转去的途中了。”

有人说，一辆车，响得最厉害的轮子，可能最先上油，但也最容易被换掉。反而是那些不声不响的轮子，却长久地运转着。

点评

中国有句俗语叫“吃着碗里的，看着锅里的”，还有句俗语叫“这山望着那山高”，都是指那些不安守本分的人，那些人也永远不会成功。只有坚守自己的本职工作，守住自己做人的本分，便永远不会被人嫉妒，不会被社会淘汰。

需要放手的“鸡眼”

一位家长省吃俭用地筹钱，将孩子送到了国外，可是孩子在那里不但不认真学习，反而染上了许多坏毛病，坏毛病都是需要钱来养的，于是孩子便三天两头地找父母要钱。那位家长明知孩子学坏了，可是却一点办法也没有。

有人劝他，立即中断孩子的供给，这样才能让孩子学会独立。但那位家长却顾虑重重：孩子虽已年满十八岁，但毕竟独处异地他乡，如果中断了他的生活供给，那不是断了他的活路吗？人们再劝，很多在国外求学的孩子都是半工半读，都是很少向家里伸手的。那位家长还是犹豫不决。

直到有一天，一位老中医的话，才让那位家长猛然惊醒，并痛下了决心。那时，那位家长的脚上长了一个鸡眼，夜夜疼痛难忍。他只得去求医，可是医生只是一味地开药让他敷在患处，这样过了好久，鸡眼依然不见好转，时时让他疼痛难忍。

后来，他遇见了一位老中医，老中医让他不必敷药，而且需要多吃些羊肉。他大惊，不敷药，还要多吃羊肉，那不是存心要让这个鸡眼烂掉吗？因为以前的医生都劝他，在敷药的同时，还不能吃羊肉一类上火的食物。

老中医不紧不慢地说：“我观你的鸡眼，应该有较长一段时间了吧，如果是初起时，只需要敷些药，忌口不吃羊肉一类易上火的食物，是很容易痊愈的。可是，它现在已经形成较长时间了，此时就算敷药不吃羊肉，也只能对鸡眼起到一个抑制的作用，却不能让它快速痊愈，反而延长了鸡眼的患病时间。遇到这种情况的时候，不如不用药，放手让它生脓，甚至还可以吃些羊肉，让它加速生脓，等生脓了，再将脓挤出，它自然也就痊愈了。”

那位家长听了老中医的话，鸡眼果然很快就痊愈了。另外，老中医的话还让那位家长治好了自己的心病。他觉得自己的孩子在国外学的那些坏毛病，就像极了长在自己脚上的鸡眼，是到了应该放手的时候了。

于是，他不但不再寄钱给孩子，还给孩子送去了一些“羊肉”，那是一封信。他在信中说，自己患病了，需要很多钱医治，希望孩子能帮帮他。令他欣慰的是，他的做法不但没有断了孩子的“活路”，反而给了孩子生路。孩子不但改掉了所有坏习惯，还在学习之余打工攒下了一笔资金。他将孩子寄回的那笔资金好好地保留着，只等孩子学成之后，再用它去开创一片属于自己的天地。

点评

温室里的花朵，不能经风雨。一味地包办，结果让孩子养成了衣来伸手、饭来张口的习惯。适时放手，给孩子自由生长的环境与空间，慢慢地，你会有许多惊人的发现。

修剪出来的品相

早就读过冯道的《赠窦十》诗:“灵椿一株老,丹桂五枝芳。”一个名叫窦十的人,他的五个儿子全都中了举,所以冯道以这首诗贺之。旧时登科为“折桂”,所以人们总是以丹桂来比喻那些科举及第的人。可见千百年来,丹桂在人们心中的分量。

十月的一天,无意中走进一个苗圃,竟然看见了许多丹桂!那如盖的绿荫,红艳的花朵,特别是那浓郁的花香,让人马上就陶醉了。闲时,跟管理苗圃的老人交谈了起来。老人介绍:丹桂是桂树的一种,一年四季常绿,极具观赏价值。目前,如果是品相好的丹桂,市场价可以卖到上万元或者几万元不等。一棵树,竟然能卖出如此高价,确实令我瞠目结舌。

接着,我又好奇地问老人,怎样的丹桂才算品相好。老人不厌其烦地一一为我介绍:首先,要看树干是不是挺直;然后,开杈的地方一定要在 1.5 米处;再就是树冠一定要像伞一样伸展开处。

我问:“像这么好品质的丹桂一定不多吧?”老人摇头说:“在别处我不知道,但在我这里,可以说棵棵都是好品相的。”我奇怪了,再问:“既然好品相的丹桂那么难得,又怎么可能棵棵都具备好品相的条件呢?”老人说:“如果任由丹桂自己生长,那么能具备好品相条件的确实不多,但是如果经过不断的修剪,便能达到棵棵好品相。”原来如此,这么说,那些好品相都是修剪出来的。老人点点头。接着便向我示范了几个修剪动作。比如,在丹桂还是小苗时,发现它的主干不直,便将它绑在一根直棍上,让它长直;比如,在丹桂长到一人多高时,就要剪去 1.5 米以下的枝杈,只让它在 1.5 米处开枝……老人还说,其实,要想保持丹桂的品相,其一生都需要修剪。

对于丹桂来说,如果具备了好品相,那么就能卖出个好价钱,对于人来说,如果具备了好品相,便能受到人们的尊敬和爱戴。这里的品相,指的是一个人的品格和相貌。西方有句格言叫:内心有爱的人,面目不狰狞。好的品格需要不断地自我完善,好的相貌同样需要不断地自我装扮。

点评

没有人天生就是坏德行,也没有人天生就具备好品相,所以说,坏德行是长时间养成的,而好品相则是不断地修剪出来的。

骏马是怎样得来的

表叔喜欢养马,在我们老家那一带,算得上是养马高手了。他不但养马,还会相马,所以人称“伯乐”。表叔还开了一家骑马游乐场,专供人们休闲娱乐用。

一个星期天,当我在表叔的马场骑了一圈后,便缠着表叔教我如何识马。我问表叔:“既然您是伯乐,肯定识得骏马,您能告诉我,怎样的马才是骏马呢?”

表叔说:“你骑的那匹就是骏马。”我看了看我刚刚骑过的马,那是一匹个头不高、普普通通的黄鬃马,与马场里其他的马匹并没有明显的区别。我又问:“它与马场里其他的马有什么不同吗?”

表叔说:“没有什么不同。”我不解地问:“这么说,您这个马场里的马,都是骏马了?”表叔说:“是的,不只是我这里的马,世界上所有的马,都是骏马。”

表叔的话让我更加不解了。世界上的马要都是骏马,那又还有什么骏马和普通马之分呢,既然这样,人们也不必为了一匹骏马而花高价四处找寻了。更重要的是,也没有那个著名的《伯乐相马》的故事了。

见我还在疑惑,表叔说:“我的话还没说完呢。我的意思是说,世界上所有的马都有可能成为骏马,而所有的骏马也有可能成为普通的马。真正的骏马不是生出来的,而是跑出来的。所有的马,一生下来的时候都是一样的马,但有的马在经过长期的奔跑锻炼之后,就成了骏马,而如果成为骏马之后就以为自己永远是骏马,那就错了。一旦停止了奔跑,过不了多长时间,骏马就成了普通的马。”

点评

骏马不是天生的,而是经过长期的奔跑锻炼而成的。那么,人才肯定也不是天生的,而是经过不断的学习与积累而成的。每匹马一生下来就有做骏马的机会,只要它能吃苦、肯坚持,每个人一生下来也有出人头地的机会,只要他肯学习、能坚持!

伟大的角色

二十八岁的她，是湖北省仙桃市的一位花鼓戏演员，不但长得漂亮而且极富表演天赋。由于对舞台的热爱，她怀孕六个月了还在台上表演。2006年12月26日，演出结束后，她乘一辆客车回家，途中与一辆装载烧碱的货车相撞，满车烧碱顿时倾洒进了中巴。她是那起事故中九名伤者中最重的一个，她的脸部、胸部、背部和四肢严重烧伤，全身衣服都被烧成了碎片，只有腹部完好无损。医生在昏迷不醒的她的腹部发现了一双完整的手印，她在遭遇车祸的那一刻，用自己柔弱的双手及时地护住了腹中的胎儿！

医生的治疗方案马上就下来了：如果要保住她的容貌，就无法保住她肚子里的孩子！由于烧伤面积太大，她必须使用抗生素药物，而使用药物也就意味着孩子难保。如果要保住孩子，便只能通过保守治疗，不能用抗生素，不能用麻醉药。这样，不但她的容貌无法恢复，甚至连性命也难以保全！

她的亲人一致要求舍弃孩子，保全她的性命。由于没有得到她的同意，所有人都在静静地等待着她醒来。谁知，她醒来的第一句话便是问："我的孩子呢，他没事吧？"当得知真实情况后，她咬着牙说："我要孩子！"便又昏迷了过去。

为了尊重她的意愿，医生只得采取保守治疗。在医生用手术刀为她剥除身上的腐肉的时候，她一次次痛醒后只说了一句"不要用麻药后"又昏迷了过去。由于没有用药物控制，她身上大大小小的伤口一再溃烂、恶化，大腿上的创口竟已深达骨骼，并且高烧到40.3摄氏度，身体出现了严重的抽搐，但她的口里依然说着："不要用药，我要孩子！"

终于，在经过了无数次的昏迷和痛苦后，她产下了一个男婴，重2.7千克，健康。母爱以炼狱的方式，终于化蛹成蝶。孩子出生后，医院立即调整了治疗方案。她受伤后第一次接受了麻醉，第一次接受了抗生素的治疗。几天后，她的伤情得到了有效控制。但是，她脸部的创伤却因为感染没能控制住，伤痕溃烂弥漫,她曾经美丽的容貌再也找不回来了。

她就是被评为“感动中国的十佳母亲”之一的熊丽！出院那天,所有亲人都泪流满面地望着被严重毁容的熊丽。她却笑了,并欣慰地说:“我这一生,虽然已与花旦、舞台无缘,但我还能够出演的一个非常重要的角色,那就是一位妈妈!”在这个世界上,还有比妈妈这个角色更伟大的吗?

点评

世上只有妈妈好,有妈的孩子是块宝！在这个世界上,没有人比妈妈更伟大,也没有什么比母爱更珍贵。

看重自己

五岁那年,他因为不慎触到了一台变压器而失去了双臂。从此,所有人都认为他长大后将会成为一个废人,因为他们家在农村,对于一个要靠繁重的农活来维持生命的农村人来说,失去了双臂,那就意味着失去了劳动能力,就只能靠别人来养活了。

但是,他却不这么想。他认为,尽管失去了双臂,自己还有双脚,还有跟正常人一样的智商。于是,别人能用双手完成的工作,他便学着用肩膀、用脑袋、用脚去完成。

他用肩膀夹着自行车头学会了骑自行车,尽管为此摔掉了一颗牙,他也没后悔。他用肩膀夹着锄头锄地,一次不行,就做十次、百次、千次,甚至是万次,直到会做为止,一些农活他甚至做得比那些四肢健全的人还要漂亮。他还学会了用脚趾头夹着笔写字和嫁接果树苗,他用脚趾头嫁接的果树苗的成活率跟别人的一样高。

他用脚趾头夹着毛笔画的画,在一次绘画比赛中获得了一等奖的好成绩。更令他骄傲的是,那次大赛的评委们到现在都不知道,那幅获奖的绘画作品,竟然是一位失去双臂的人,用脚画出来的!

他还种了几十亩柿子和柑橘,在他的精心护理下,每年都获得了好收成。自从失去双臂后,他不知道遭遇过多少人的冷嘲热讽,但他却没有为此掉过一次泪,他认为,这个世界上只要别人会做的事情,没有一样他不会做,他没必要为失去了双臂而自卑。就这样,他顽强而乐观地将一个农家的日子过得越来越红火。

一次偶然的机会,他将自己在田地里劳作的过程编成了舞蹈,在第五届全国残疾人艺术会演中,赢得了观众如潮的掌声,获得评委会特别奖,并被中国残疾人艺术团吸收为演员。

从此,他又与舞台结缘,其中最为著名的是他编的舞蹈《秧苗青青》。只见他穿着红坎肩，在舞台上行动自如地挑水和浇灌，辽阔的田野被搬上了彩灯绚丽的舞台，一群象征秧苗的俏丽姑娘，围绕着这个从田间走来的小伙子，在他的照料下“茁壮成长”……其实他只是讲述了自己最寻常的乡村故事，却跳出了轰动千万观众的《秧苗青青》。目前，他的节目已经成为中国残疾人艺术团大型歌舞晚会中最重要的节目之一。

他的名字叫黄阳光。一个普通的乡村小伙子，如今也和残疾人艺术团里的“孔雀仙子”邰丽华和“天才指挥”舟舟一样，迅速被媒体传扬。

黄阳光说：“其实，生活中，别人怎样看你并不重要，重要的是，你得看重你自己！只要你自己不说放弃，这世上就没有难得倒你的事！”

点评

要想别人看重你，首先得自己看重自己。自助者，天助。自强者，不息！别人看重的，不过是赏识，自己看重的，才叫自信。

喜欢与爱

小城的中心有一座山，每到春天，山上便开满了花。

城里住满了人，其中一个青年对一位老者说："我最爱花了，不信您去我家看看。我每天早晨起来，都会去山上采来一大捧花，摆在客厅、书房、卧室，甚至厨房里。这样，我不仅在会客时、吃饭时能够看到花的娇艳，还能在睡觉时、看书时，甚至是做饭时，闻到花的芳香。"

老者摇了摇头，说："你那不是爱花，充其量不过是喜欢花而已。"青年不解地问："为什么？难道还要我抱着花睡觉，整天只吃花而不吃饭，那才叫爱花吗？"

老者依然摇了摇头，说："大错特错，如果那样的话，你不但不爱花，更不懂得怎样爱花！"青年再问："那么，您告诉我，怎样才叫爱花呢？"老者说："你只需看看我是怎样做的，就知道，应该怎样爱花了。"

青年去了老者家，但在老者家里竟然一朵花也看不到。于是，青年奇怪地问："您家里连花的影子也看不到，也算是爱花？"老者只是笑而不答。这时，就见老者用水桶挑了一担水出了门，青年尾随其后，想看个究竟。很快，老者挑着水上了山，原来，他是去给山上的花草浇水！

一位富人对着电视镜头，得意地说："因为我爱这座城市，所以我在这里买了房，将一家人接来，在这里定居。"一位清洁工说："因为我爱这座城市，所以我要用自己的双手，将这座城市打扫得干干净净。"

采花的人，不是爱花，充其量不过是喜欢花而已，而给花浇水的人，才是真正爱花的人。选择在城里买房定居的人，也不是爱这座城市的人，充其量不过是喜欢这座城市而已，而那位决心用双手将城市打扫干净的人，才是真正爱这座城市的人。

点评

喜欢与爱，虽然近义，但依然有其不同之处。喜欢的东西，你有占有的欲望，而爱，却是纯粹的付出。

速成明星

打工仔陈晓喜欢上了一位叫王晶晶的打工妹，可是，令陈晓苦恼不已的是，王晶晶根本就看不上他。因为王晶晶长得非常漂亮，追她的人实在太多了，上至主管，下至员工，排队等候的人都快有一个连了。可王晶晶却一个也没看上。

只有陈晓知道，王晶晶喜欢谁，那是一个很有名的男歌星，陈晓曾经去过王晶晶的租房，他看见王晶晶满屋贴的都是那个男歌星的照片。王晶晶之所以愿意跟陈晓交朋友，是因为他长得有点像那个男歌星。可是，像不等于是真的，王晶晶不止一次地对陈晓说过，她这辈子是非明星不嫁，大明星找不到，就是找个小明星也行。如果陈晓真心喜欢她，就去学唱歌，找个经纪公司包装一下，兴许还有机会，不然，门都没有！

陈晓一赌气便对王晶晶发誓说："你就等着吧，如果我成不了明星就再也不来见你了！"没想到才过了几天，王晶晶便接到陈晓的电话，说让她去光华路 20 号一趟，因为他的经纪公司在 9 点整要给他举办一个记者招待会，到时希望她能够参加。什么？才几天就成明星了？王晶晶心想，这也太快了吧。就是被星探发现了也得花个一年半载时间培训包装啊。

王晶晶从的士上下来的时候，刚好 9 点整。王晶晶一眼便看见了陈晓，陈晓被一群人紧紧地包围着，缓缓地在保镖们的保护下从小轿车里出来了。旁边几位被人群拦在外面的歇斯底里的"粉丝"正在尖叫着陈晓的名字，而几位保镖则使出了吃奶的力气来让他们与陈晓保持一臂之遥。几名记者拿起手中的相机对陈晓拍个不停，而此时的陈晓正在不断地为"粉丝"们签名，忙得连看一眼王晶晶的时间都没有。

王晶晶被这个极富感染力的场面惊呆了。因为，以前她便到过她所倾慕的那位男明星的记者招待会现场，那个场面和现在陈晓的场面何其相似！这么说，陈晓还真是一位货真价实的明星。王晶晶一时激动得连话也说不出来了，她竟然也不顾一切地挤在人群中高声地叫喊了起来："陈晓，陈晓，我是王晶啊，我是你的女朋友啊，我爱你！"旁边有几位"粉丝"见突然来了个女人自称是陈晓的女朋友，很是不屑一顾地看了她一眼，也跟着喊了起来："陈晓，陈晓，我也是你的女朋友，我也爱你！"王晶晶气得脸色发青，没顾得上与那些人计较，继续喊了起来。

这时，只见陈晓挣脱了人群和闪光灯的包围，终于向王晶晶走了过来。陈晓边走边喊着王晶晶的名字，王晶晶激动得都差点站不稳了，终于，陈晓在王晶晶倒下的那一刻及时赶到，一把将王晶晶抱在了怀里。就在王晶晶幸福地躺在陈晓的怀里，等待着沐浴记者们的闪光灯时，人群呼啦一下子跑了个无影无踪。他们喊着一个陌生的名字，向前面那辆曾经载过陈晓的轿车蜂拥而去，轿车里一个陌生面孔的人在保镖们的保护下缓缓地走下车来，顿时被热情高涨的"粉丝"围了个水泄不通。

王晶晶慢慢地睁开眼睛，莫名其妙地望着陈晓："亲爱的，怎么回事，他们怎么都走了呢？"陈晓扶着王晶晶的肩膀一个劲地往回拉："走吧，晶晶，咱们回家吧。"从激情中走出来的王晶晶，突然看到了光华路 20 号大门前的一条巨幅广告：

只要您付出五千元钱，就可以享受一小时的"魅力明星"待遇：一辆配备司机的小车、三名保镖、一辆护驾车，四名歇斯底里的"粉丝"、两名电视台摄像师，以及两名乘坐摩托车尾随的"狗仔队"摄影师。这些人将一直在大街上疯狂地追随您。——速成明星公司将竭诚为您服务。

原来这一切都是假的！王晶晶气得小嘴翘得老高，猛地甩开陈晓的手，头也不回地走了。女朋友走了，陈晓站在原地愣了半天，才长叹一声："五千元啊，那可是我半年的工资呢！"

点评

社会是一个大染缸，能将白纸染成各种颜色。刚出社会的青年人，都是一张白纸，把握不好便极易被染上不良的颜色。所以，有句诗叫"出淤泥而不染"，提醒人，时刻保持着一颗清洁的心。

被谁害惨

赵小丽人长得漂亮,心气也高,父母给她张罗相了上百场亲,但每次总是以失败告终。

眼看就要过三十岁了,父母急得头发白了一大半,可赵小丽不急。每次相亲时,赵小丽翻来覆去就是那几个问题:小伙子的身高达到1.80米了吗?住的是不是三层楼的别墅?开的是宝马车吗?连媒婆都受不了了:像这样好条件的小伙子,还真是难找,这不是要求典型的"高富帅"吗?

随着赵小丽年龄的渐渐增长,来相亲的小伙子,不但总是达不到她的要求,而且条件还一个比一个差。父母眼看着一些条件还不错的小伙子被别的女孩相去了,心里就更着急了。于是便请了七大姑八大姨,轮番来做她的思想工作,让她稍微放低一点标准。可赵小丽就像吃了秤砣铁了心,说:"本姑娘就算一辈子不嫁人,也不能降低条件!"

转眼,赵小丽四十岁了,父母也相继去世,再也没人为她操心婚姻大事了。赵小丽也就乐得单身,无牵无挂。只是偶尔夜深人静时,叹息长夜难熬。

突然有一天,赵小丽遇到了一个人,这才让她的心里起了波澜,那是她的高中同学张倩倩。那时,张倩倩和赵小丽都是学校的校花,两人平时也最谈得来,于是总是形影不离。后来,张倩倩当了"北漂",两人才渐渐断了来往。

张倩倩的突然出现,着实令赵小丽吃了一惊。因为张倩倩带回的丈夫还不到1.60米,而且也不是什么住别墅、开宝马的大老板,而是一个普通的小生意人,在北京一家菜市场租了个摊位,贩卖蔬菜。看样子,张倩倩对她这个"普通"的丈夫还挺满意,也许是因为那人对张倩倩无微不至的照顾吧,让张倩倩感到生活挺幸福。

面对张倩倩一脸幸福的样子,赵小丽终于忍不住吼道:"张倩倩,你这个骗子!"张倩倩吓了一跳,忙问:"小丽,你怎么了?"赵小丽说:"你不是写信告诉我,你找了个‘高富帅’男人吗？还给我寄来了你们在别墅、宝马前恩爱的照片！”

张倩倩说：“以前，我确实找了个‘高富帅’老公，可人家看不上我这个外地的高中生，所以很快就跟我离婚了。”

赵小丽说：“那你怎么不早告诉我，你离婚了呢？特别是你竟然还找了个普通的菜贩子当老公！”张倩倩脸红了，说：“我不是不好意思跟你说嘛！”

赵小丽说：“你不好意思说，倒把我给害惨了！为了找到跟你一样的‘高富帅’，那么多条件不错的被我错过了，以至于我过了四十岁，还是单身，呜呜呜……”

张倩倩愣在那里，再也说不出话来了！

点评

人生中，凡事都需要自己去把握。谁都不能替你去走人生路，父母亲人不能，朋友也不能。不管是走对了，还是走错了，责任都在你自己。因为，只有你最了解自己，最明白自己的需要和自己的追求。

惊慌失措是一种病

一位的士司机,当他正行驶在高速公路上的时候,因为一只轮胎突然爆破,慌乱中,他赶紧踩住了刹车。结果快速行驶中的车子受不了突然的阻力,在路面上连翻了几个跟斗后,滚到了一条深沟中,车毁人伤。事后,有专家说,当车子在高速行驶中突然爆胎,不宜立即踩刹车,只要冷静地握住方向盘,不一会儿车子就会自然停下来的。

一家公司的老板,因为听到金融风暴的消息,顿时坐立不安,于是赶紧召集部下商讨对策。部下也没有人经历过这种事情,于是显得更加六神无主。最终,公司没有被金融风暴击倒,却因员工们工作时间心不在焉而出现了严重的产品质量问题导致破产。这时,公司老板才后悔地说,这都是我自己的错,如果不是当时我表现出了慌乱的神情,员工们又怎么会在工作时心不在焉呢?

一家商场突发火灾,人们闻讯立即向出口涌去,由于出口窄小,很快便被堵死了。结果大火卷着浓烟迅速吞没了一切,最终只有少数人成功从火海中逃生。后来,经过专家现场勘查,大多数遇难者中,也只有一小部分是死于火灾,其他的则死伤于互相拥挤和踩踏。如果火发当时,人们能够保持镇定,所有人完全可以从容不迫地从商场出口处安全撤离。

这样的新闻,几乎天天都能看到。不久前,美国有家权威网站公布了一条消息:全球每年大约有两百万起事故,是因为当事人惊慌失措而引发的,在经历过这些事故之后,除已失去生命的人,其他当事人都表示,如果当时自己能够冷静地处理的话,那些事故都是完全可以避免的。

最近,从一档关于野生动物的电视节目中,看到过一组有关豹子捕捉猴子的镜头。一只预谋已久的豹子,突然窜上一株停满猴子的大树,豹子在一阵骚乱中,咬住一只猴子迅速跳下大树,然后躲到一边去享用美餐去了。只留下一群惊魂未定的猴子,还在那里为失去了同伴而悲伤。

本来,如果猴子们在面对豹子时从容对待,豹子是奈何不了猴子的。首先,豹子的体重是猴子的十倍,在树上的灵活程度也远不及猴子,稍小一点的树枝,豹子便不敢停留,而猴子则可以借用任何一根细小的树枝四处攀爬、飞跃。另外,经科学家论证,猴子的智商也最接近于人类,而豹子则远不及猴子聪明,但为什么猴子会沦为豹子的食物呢?完全是因为猴子在遇到豹子时,惊慌失措的表现,给了豹子可乘之机。

在现实生活中,每个人都会有惊慌失措的表现,这种表现也最能令人做出错误的选择。这就是美国那家权威网站发布的最新论证观点:惊慌失措是一种病,是一种人人都有的病,只不过,有的人能够成功地控制它,但有的人却控制不了。凡是患有这种病的人,都有一个特征,遇事紧张,惊慌失措,但事后都知道最佳的解决方法。并且,遇事表现越是惊慌失措的人,智商有可能越高。

治好这种病的药方是:凡事不要立即做出决定,一定要让自己的思想静止三秒钟,在这三秒钟的时间里,完全能够让自己做出正确的判断。这家网站的一位专家还说:为什么要让自己的思想静止三秒钟?是因为,高智商与低智商在遇事时的反应一般会相差三秒钟,智商高的人,遇事反应太快,也最容易患上惊慌失措这种病,而智商稍低的人,因为反应稍慢,却往往能够在紧要关头做出正确的决定。如果患上了惊慌失措这种病的人,能够遇事让自己的思想静止三秒钟,便与低智商的人达到一致了。

点评

遇事冷静对待,不惊诧、不慌乱,才能将事情处理妥当,不出岔子,不至于事后让自己后悔。这是一种处世的智慧,更藏有做人的道理。

金融危机下的友谊

20世纪80年代的改革开放初期，流行打洋工，于是我们村有不少人去了美国。最近，从美国回家探亲的杨伯跟我们讲了这么个故事。

杨伯在美国经营着一家士多店，虽然生意不是太好，但养家还是没有问题的。没想到，去年一场突如其来的经济危机，令他的生意也受了影响。正在苦闷的时候，杨伯突然接到老朋友威尔逊去酒店吃饭的邀请，威尔逊跟杨伯一样，也开了一家小士多店。

席间，威尔逊让杨伯点菜，因为是老朋友，杨伯便没有推辞。可是，当服务生将一盘阿拉斯加鳕鱼柳端上桌的时候，威尔逊突然冲服务生发起了火，说他们从没点过这个菜。杨伯说，这确实是他点的菜。威尔逊当即便跟杨伯翻了脸。威尔逊说，金融危机当前，你居然还吃得下这么好的菜！原来，威尔逊也正是因为小店的生意受到了影响而苦闷，才约杨伯出来喝酒的。杨伯想不通，不就是点了一个贵点的菜吗，犯得着发这么大的火？最后，两人AA制各自买了自己的单。自然，两人的友谊也受到了影响，好长时间，他们不再来往。

今年初，杨伯突然查出患了咽喉癌，幸好还没到晚期，但那笔昂贵的医疗费用还是令他难以承受。杨伯只好卖了士多店，但还是不够医疗费。就在杨伯走投无路的时候，他的老朋友威尔逊出现了，威尔逊的手里还多了一包钱。为了给杨伯治病，威尔逊竟然卖掉了自己经营了多年的士多店！

杨伯没有想到，一个连一盘阿拉斯加鳕鱼柳都舍不得吃的人，居然一下子变得这么大方。接过那包钱，杨伯流着泪哽咽着说："威尔逊，现在的经济这么不景气，你将小店卖了，那你以后的生活该怎么办呢？"威尔逊爽朗地笑着说："经济不景气不要紧，只要你的病好了，我们不是又可以工作了吗？我还等着跟你一起去找工作呢！"

如今，两个五十多岁的老人，每人找了一份给人剪草坪的工作，虽然工作辛苦，薪资极低，但他们却过得非常快乐。他们坚信：冬天肯定会过去，春天一定会到来。

点评

那些在你富有时，给你送金子的人，不一定是好朋友，在你得意时，远离你，也不一定不是好朋友；在你失意时，不离不弃，才是真友谊。

第三辑　找准自己的路

橘生于南为橘，生于北则为炽。植物生长在与生活习性最为相近的地方，对于人来说，则必须找到最适合自己的路，方能放射出最耀眼的光芒。当总是朝着一个方向不懈努力时，路依然越走越艰难时，倒不如顺着起点，寻找一条合适自己的路。

找准自己的路

有一位同学，我们还在读大学的时候，他便跟我说，他想去南方打工，希望我能跟他一起走。当得知我不愿意同往时，他惊讶地说："因为处在改革初期，人才紧缺，现在好多同学都没读完大学，就被南方的大公司以高薪聘请去了，如今我已经联系好了一家公司，难道你不想去？那不是白白浪费了一次机会？"我说："我要等大学毕业后再去。"他瞪着一双大眼说："你怎么这么老土啊，连比尔·盖茨都是大学退学生呢，就算你在这里毕业了，又能怎么样，难道还超得过人家比尔·盖茨？"我还是坚定地摇了摇头。

后来，我也去了南方的一家公司，刚好碰到了那位同学。同学愁眉苦脸地对我说："唉，真是不走运，我这个老员工还不如你这个新来的，你一来便成了我的上司，而且待遇也比我高，不就是比我多了一张毕业证书吗？"我微微一笑，没说什么。原来，因为大学还没毕业便来南方打工的人太多，早来的确得到了一些实惠，但像同学这样后来的，便没那么幸运了。由于人才多过于求，企业也开始挑剔了，于是，没有毕业证书的人便没了提干的机会。同学就这样被公司给"涮"了。

又过了几年后，同学拍着胸跟我说，他要去开公司。原因是，当年我们的同学中有很多人都开起了公司发了财。现在的形势这么好，他可不想错过这个机会。当得知我还没有自己开公司的想法时，他当即捶胸顿足起来："你看你，有技术有文凭又有能力，怎么就不想自己开公司呢？难道你想给人家打一辈子的工？"我还是坚决地摇了摇头。

几乎是在一夜之间，大大小小的私营公司便开遍了南方的大街小巷。像这种一窝蜂的公司，很快便被市场经济这块硬砖头击得四分五裂了。有实力的得以保存，像同学那样的盲目者，最终落得个惨败而归。重新开始给别人打工的同学，再次见到我时，不无羡慕地说："唉，早知如此，当初还不如跟你一起将大学读完,我怎么就这么爱折腾呢?像你这样多好啊!”

同学的遭遇,使我突然想起了沙漠中的流沙。在沙漠中遭遇流沙,是所有动物都无法避免的。只是在面对流沙的态度上各有不同。专门研究遭遇流沙侵袭的动物专家发现,凡是多只动物一起遭遇流沙,得以生还的机会便很渺茫,如果是单独一只动物,则还有生还的机会。原因是,如果多只动物一起被流沙包围,只要有一只动物试图往上爬,其他动物便会迅速跟着一起往上爬,结果是,越想往上爬便在流沙里越陷越深。如果是一只动物陷入了流沙中,因为没有其他动物拖后腿,其实轻易便走出了流沙的包围。

人生中,如果总是这山望着那山高,见一个人成功了,大家便一起去抢他手里那只成功的“碗”,这样便很容易将那只“碗”在哄抢中打得粉碎。只有坚定地按照自己既定的方向走下去,才是通往成功的最佳路径。

点评

世上的路千万条,藏在路旁的流沙也不计其数,如何才能避开流沙的侵袭,走向成功之路,不仅要靠一颗慧心,更需要一个良好的心态。

小草的规矩

我去镇中学代课的第一天，便与教历史课的李东远老师因一件小事发生了摩擦。李东远来这个全县有名的穷镇教书已经十多年了。因为他高个而且瘦，背又驼得厉害，还戴一副比瓶底还厚的眼镜，才四十岁的年纪头发就白了一半，所以看上去像一个五十岁的老头。更重要的是他在学校里人缘极差，上至领导，下至同事，没有几个人与他处得来。

那天，我刚从学校的面包车上下来，便被李东远看到了。李东远边给我往外拿面包车上的行李，边嚷开了："看哪，大家赶快来看哪，校领导又推荐自己的亲戚来咱们学校当老师了！"司机小王说："你别乱喊了，这位可不是学校领导的亲戚，他可是省城来的大学生。"谁知李东远并不领情，依然大喊大叫地说："大学生怎么啦，就可以随便坐领导的小车了？学校不是早就申明了嘛，这辆车只有领导在办公时间才可以坐的嘛。想当年我也是大学生呀，为什么我就不能坐坐，还有刘老师，张老师，黄老师他们怎么没有一个能坐这车的？"

我看到好几位老师都在往这边看，还围上来一些不懂事的孩子，于是便满脸尴尬地分辩："我，我不是有意要坐学校里的公车的，我……"这时校长从车里钻了出来，小声对我说了句"别理他"，又大声对李东远说："我只是顺路带了人家一程嘛，我刚好去省里开会，你以为人家愿意来咱们这个穷地方啊……我说你这个人还有完没完？"

我被校长带到了教师宿舍后，脸上还似火烧般发烫。李东远虽然弄清楚了我的身份，并遭到了校长的呵斥，但似乎仍然不服气，一副得理不饶人的样子。从那次以后，我再见到李东远便远远地躲着，并且从心眼里瞧不起他，如果不是有事找他，我是从来不主动跟他说话的。倒是他似乎转眼就将那天的事给忘记了，我想，更多的原因应该是他觉得心里过意不去冤枉我了吧，于是见了面就一个劲地冲我笑。也许是因为李东远是学校的元老，就连校长也不计较他的无理。

尽管校长有时候生气了也冲李东远吼上几句，但从没给过他一点惩罚。这让很多老师心里不满。他究竟是个什么人呢，敢在学校里如此胡闹？

有一天晚上，我正好上完课准备回宿舍。结果刚好听到李东远在和教数学的黄香芹老师吵架，一个大男人跟个女人吵架，还都是老师呢。终于听明白是怎么回事的时候，我差点没笑得背过气去。原来黄香芹的儿子来学校给学生们喝水的热水器前打了一桶热水，准备提回家去洗澡，结果却被李东远看到了，并当场抓住黄香芹儿子的水桶不放，说黄香芹违反了校规。黄香芹一再解释，是因为家里的热水器坏了才让儿子来这里打水的，可李东远并不相信，还大声喊道："你们家的热水器坏了？谁会相信呢？我曾经不止一次看见你让儿子来这里打水，说什么家里的热水器坏了，分明是想占学校的便宜。如果大家不相信我的话，现在就可以跟我去黄老师家验证，我敢保证，黄老师家的热水器没有坏。"说得黄香芹满脸通红地拉着儿子的手走了。就这么点小事也值得如此争吵？

这样的事几乎每个人都遭遇过，虽然心里恨李东远，但又无可奈何。几乎都是小事，谁有精力去跟他计较呢？李东远不是学校领导，也没有领导授权他管这些鸡毛蒜皮的小事，可他就是愿意管，并且乐此不疲，没办法，大家只好让着他点。虽然大家都不当面跟李东远冲突，但背后说他坏话的却越来越多了。我也觉得，李东远与其花精力去管那些鸡毛小事，还不如多花点心思在教学上，只有将书教好了才是一个老师的职责。可是有人却说，李东远其实很聪明，他这样做完全是想坐上校长的宝座，还听说他在省里有后台，这样，大家就更加对李东远敬而远之了。

有一天，黄香芹神秘地对正在办公室批改学生作业的老师们说："不如今天捉弄一下李东远如何？"正在大家不解其意的时候，李东远走了进来，只见黄香芹故意提高声音对坐在她身边的英语老师刘秀丽说："哎，你知道吗，我今天看见教导处吴主任让司机小王将他儿子送到县城火车站去了，他儿子不是说要去外地读书嘛。"

令我们没有想到的是，李东远转身就去了吴主任的办公室，只一会儿，大家便听到了李东远和吴主任的吵闹声，大家一个个心里乐开了花，想想平时李东远的可恶行径，好像他才是这所学校的校长一样，这下还不让吴主任好好治治他。

很快,李东远便耷拉着脑袋从吴主任的办公室里退了出来,并自言自语般地问大家:“刚才是谁,说吴主任让司机小王用公车送他儿子来着?明明是没有的事嘛。害得我,害得我……”

等李东远走出办公室后,大家再也憋不住地一齐哄笑起来。

转眼,我在镇中学代课已有半年有余,尽管对李东远这个同事不太满意外,对其他同事及学校领导我还是很满意的。加上我对教育事业的热爱,我决定申请留校任教。校长对我的申请很重视,当即便口头答应了,只等教育局的文件下来,我便是学校里的正式一员了。

突然有一天,校长办公室里传来了激烈的争吵声,尽管校长极力压住喉咙不让他的声音传得太远,可李东远的声音却越来越大。黄香芹急急地跑来告诉我们:“近来学校里正准备分房呢,一定是为了房子的事情,这个李东远,平时装得比谁都大公无私,现在狐狸尾巴终于露出来了吧。大家心里都非常清楚,这下李东远肯定得受处分了,不被开除也得给个严重警告,因为他是学校的元老,早就分到了一套三居室的房子,现在这房子可没他的份,可他还不满足,偏要跳出来吵闹,这能有他的好吗?

谁也没想到,校长会出手打李东远,李东远的两颗门牙当时就掉到地上了,警车很快就到了现场。

最终校长被撤了职,不是因为打了人,而是因为私自转让学校的房产,从中牟取暴利。李东远也没有当上校长,他依然当他的历史老师,新来的校长是一位三十多岁的年轻人,他给大家揭开了谜底。

原来校长要给李东远一套房子,借以塞住李东远的嘴巴,代价是其他老师的房子都得交出来让校长牟利。李东远死也不肯,校长恼羞成怒,最终出手伤人。

当黄老师,刘老师,张老师……还有我,每人的手里拿着一套住房的钥匙的时候,终于流出了激动的眼泪。令我没有想到的是,教育局早就下了文件决定让我留校了,可校长却一直将文件锁在他办公室的抽屉里,只为了得到本来属于我的那套房子。

其实李东远并没有任何“后台”,他就像一株小草一样普通地存在着,不管风霜雨雪从来没有被压倒过,他也只不过做了一些自己作为学校的一员应该做的事而已,也正因为有了他的存在,这个世界才有了规矩,才有了方圆,我深深地为自己曾经漠视他的存在而羞愧。因为有了他的存在,才让我们过上了正常的日子。

点评

没有规矩不成方圆,一个好的制度,能让社会走上良性发展的轨道。有人总是将立规矩这样的大事,寄希望于手握重权的人,或者德高望重的人,殊不知,我们每个人,哪怕平凡如小草一样的人,心里也得装着规矩,只有这样,才会有人间正道。

一首冬天的歌

立冬后，村里的早晨便沁骨的凉。树叶儿、瓦片上都结了层霜花，太阳一出来便化成了亮晶晶的水。水珠音符般滴在青石板上，清脆、悦耳地奏响了村庄的晨歌。早起的小媳妇大姑娘们不怕冷，三五成群嘻嘻哈哈迎着沁凉的晨风来到河边洗衣。欢快的河水让她们的心情更好，将她们的笑声洗得更亮更脆，让村庄很快从一夜的沉睡中鲜活起来。

阳光暖暖地照在村前那条铺着麻石板的大路上，一群孩童嬉闹着追逐着，手里扯着丝线，扯得空中的风筝呼呼喊痛。有的将丝线扯断了，风筝很快飘上了天，将孩童的梦带到了一个很远很远的地方。

老人们比较悠闲，手里扯着一根绳，后面跟着一头牛，牛也很悠闲。这时候稻子已经成熟，一束束低垂着头，躲避着牛那贪婪的目光。田埂上的草都变得枯黄而柔软，牛依然津津有味地嚼着，回味着逝去一年的美好时光。

壮年人永远是最忙的，一边开镰收割一边为来年的责任田里积肥。谷归仓，草码垛，还要将田坎地边的杂草堆在收割完的稻田里，再用稀泥密封，发酵了，明年开春再散开，一过犁铧便到了泥里。农人称这为有机肥，农人喜欢用有机肥，胀籽又不伤田。肥好，粮自然就好，来年肯定又有好收成。

农忙完了，年关即至。农人讲究的是“有钱无钱杀只肥猪过大年。”所以，几乎每家都要养一只猪到时一起杀了过年。谁家的猪大膘好，谁家的年事就好。而那家的女主人也会得到大家的称赞，贤惠和勤劳永远是乡亲称赞媳妇们的好词句。对于那些因懒惰不肯养猪，过年时没肉吃的人家，则会遭到所有人的唾骂。在乡下，杀猪也有讲究，不到冬至不起斩。过了冬至，井水腌的腊肉便不生蛆。乡里制的腊肉与城里的不同，乡下的腊肉首先用盐腌，然后放在太阳底下晒，再放在火上熏，火里加上檀香，以枞树枝为主要燃料。这样熏制的腊肉金黄透亮，用砂锅煮了，加入姜块、陈皮、八角等香料，其肉滑软，入口奇香，其汤鲜甜回味无穷。

过年时还有一样是不能少的。那就是豆腐,乡里的豆腐是用麻石磨,将黄豆磨碎再用水烧开,过滤成豆浆后加入石膏精制而成的。儿时我最高兴的就是母亲做豆腐的那几天。母亲做豆腐时,我就去给她灌磨,灌磨就是用勺将泡胀了的黄豆舀进磨眼里,母亲推一圈磨,我便灌一勺。看着白白的豆浆从磨齿里流出来,我就想到了那嫩而滑的豆腐。每当热热的豆腐出来后,母亲总要舀上一碗加上些白砂糖后给我吃,自从长大后来了城里我就再也没有吃过那么香甜的豆腐。乡里人好客,谁家的豆腐做好了都要叫大家来吃上一碗,不管是邻里还是路人,一律不收费。豆腐有很多种做法:油炸豆腐、豆腐丝、豆腐团子……每一种豆腐做成菜后的味道都不一样。

豆腐和腊肉成了乡下过年时的两样主菜。祖祖辈辈在腊肉和豆腐的香味中生息繁衍。尽管乡下有着艰辛和劳累的记忆,许多走出了村庄的年轻人也不再留恋乡下的泥土,但村庄依然以它的沉默存在着,守候着。

点评

乡村是所有人的灵魂栖息地,咱们每一个中国人,其实都是乡下人。你不是,你的父亲一定是,你的父亲不是,你的爷爷一定是,你们爷爷不是,你爷爷的父亲一定是。为什么这么说呢?因为中国自古便是农耕社会。与乡村有关的国人,也总是寄乡愁于乡土,乡村便成了所有人心中的世外桃源。

草有草的快乐

休息日，我带女儿去乡下拍摄一组照片，走到一条泥泞小路时，遇上一位残腿农民。他正坐在一辆破旧的手摇车里吃力地在泥路上行走着，他的车后还载着一包肥料。我跟女儿见状，立即去帮农民推车，好不容易才将农民的手摇车给推上了一条沙石路。农民很感激地朝我们笑，得知我们是去乡下拍照的，便邀请我们去他家里玩，说他们家便有很好的风景。

女儿是软心肠，见农民残了一条腿，不由自主地说："这位大伯真可怜，生活得这么艰难，我们就不要去打扰了吧！"农民倒是一个乐观的人，立即说："小姑娘，你怎么就知道我可怜呢，说不定你去了我家就知道，我还真是不可怜呢！"

听到这话，女儿来了兴趣，跟在农民的手摇车后，我们就这样走进了农民的家。农民的家是个两层小楼，虽然看起来有些简陋，环境却幽静雅致。看惯了高楼的女儿见小楼外露的红砖，淘气地说："大伯，我还以为你是一个富翁，要带我们来参观你的别墅呢！"

农民乐呵呵坐在手摇车里，一边请我们进屋一边说："我虽然不是富翁、住不起别墅，但我生活得并不可怜。"边说，农民边向我介绍了起来："就拿我这辆手摇车来说吧，它可是我亲手制作的，用处可多了。不但可以载人载物，还可以上楼。"

说着，他的手摇车便进入了一个木箱里，只见他突然将一条绳索一拉，随着头顶上一个滑轮的慢慢移动，农民便和他的手摇车就像电梯一样上了二楼。农民上楼后，又将那个木箱放了下来，大声喊着让我们进去。我们稍稍犹豫了一下，才走进了木箱。随着农民拉动绳索，我们很快也上了二楼。

从木箱里走出来，眼前突然一亮。一楼放的都是农具、柴草，便看不出有什么特别之处，可二楼的布置却让我和女儿这两个自以为在城里见多识广的人惊呆了。地板、墙壁和天花板都是木质的，还有家具也都是木质或者竹制品，整个房间就是一幅精美的图画,房间里还飘着一股好闻的香味。

农民一边摇着手摇车,一边介绍,这个房间里的东西都是他跟妻子亲手设计并制作的。这时,里屋走出来一位同样摇着手摇车的女人,他得意地向我们介绍,她就是他的妻子。女人跟他一样乐呵呵地朝我们笑,还熟练地摇着手摇车为我们让座、倒茶。

从农民的家里走出来好久,我跟女儿似乎还沉浸在一个童话中的梦里。农民摇着他的手摇车,在小路上从一片草地上轧过,车轮过后,草又马上直起了腰身,农民突然问我们:"你们说,是长在高山上的大树快乐,还是生活在路边的小草快乐?"我们一时竟然不知该怎样回答。农民接着说:"其实,树有树的幸福,草有草的快乐。哪怕是天天被人踩在脚下,但只要还坚强地活着,便是最大的快乐!"

这次的乡下之行,我跟女儿的最大收获竟然是拍摄到的那位残腿农民夫妻。我们给那张照片起名叫:草有草的快乐!

点评

大树有大树的风采,小草也有小草的乐趣。只要心境平和,有一颗追求幸福的心,那就是快乐的。人,不管富有还是贫穷,都有享受快乐的权利。

幸福与珠宝无关

没有哪个女人不喜欢珠宝首饰，因为那些珠宝首饰不但是爱情的象征，而且还可以在各种聚会中彰显自己高贵的气质。可是那些价值不菲的珠宝首饰，又是最难保管的。放在家里吧，自然不放心，天天带在身上，更加不安全。于是，那些珠宝首饰就成了所有女人的心病。

美国一家珠宝首饰店别出心裁地开展了一项这样的业务，专为那些喜爱珠宝首饰而又不想花太多心思保管的女人们保管珠宝首饰。具体方法是这样的：可以无限期地代替保管珠宝首饰，任何珠宝首饰都按原样复制一件，当然是赝品。珠宝的主人平时佩戴的就是这些赝品，但按珠宝店出具的发票随时可以去换回自己的原件。

那家珠宝店因此卖出了大量赝品珠宝首饰，赚钱不说，令珠宝店没有想到的是，这项业务已经开办近二十年了，除了偶尔有人要求看一眼自己的珠宝外，换回原件的人还不到百分之一，而那百分之一的人也是因为生意破产，才迫不得已将原件换回去再变现后作为生活费用的。一方面，那些珠宝的主人觉得，珠宝放在珠宝店比放在自己家里更安全，另一方面，她们觉得只要自己是那些珠宝的真正拥有者，至于身上佩戴的什么，其实并不重要。加上大家彼此心里都非常清楚，那些真的珠宝都放在珠宝店，哪还有人将它带在身上呢，自然也就没人怀疑你的购买力。这样，既不用担心珠宝的安全，又极大地满足了自己的虚荣心，于是珠宝店的生意越来越火。

五十年后的一天，那家珠宝店突然遭劫。在宣布破产的时候，珠宝店需要对那些珠宝进行赔偿，可是令人意想不到的是，其中有很大一部分女主人的发票是假的。其中的原因不言而喻，那完全是她们的丈夫搞的鬼，因为他们不想花那笔购买珠宝首饰的钱，于是便假珠宝店之名，弄了个假发票并买了个复制品来哄骗自己的妻子。得知真相的妻子们无比愤怒地结成联盟，她们认为自己的丈夫对自己不够真心,让她们感到自己的生活不够幸福,于是要求政府出面向自己的丈夫讨回公道。可是,丈夫们认为,既然已经这样过了很多年,也没有觉得生活就不幸福,根本就没有必要再去花这笔冤枉钱了。

清官难断家务事,就是政府也管不了这样的事啊!但面对如此多的妻子们,政府又不得不重视。有一位叫亨利的官员代表灵机一动,他这样对那些妻子们说:“在你们不知道真相之前,是不是感到自己跟那些真正拥有了这些珠宝的人一样幸福呢?”妻子们齐声回答:“是的。”亨利说:“这么说,很显然,珠宝的真假与你们的幸福生活并没有关系,只要你们继续当这些珠宝是真的,生活不是还和原来一样幸福吗?”

点评

家有万贯者,不一定就幸福,住茅草泥屋者,也不一定就不幸福。手握价值连城的宝贝,如果不用,跟手握普通的石头无异。

妒人不如学人

嫉妒之心，从古至今，可谓人人都有，眼看着自己身边的同事、同学一个个飞黄腾达，而自己所得依然少得可怜，谁的心里能好受？于是就产生了嫉妒之心。怎样才能跟同事、同学一样成功，让自己也辉煌一下，这是心怀嫉妒之人时时想着的事。

表弟大学毕业后去了广州一家公司，今年回家过年时，他跟我讲了他的一段亲身经历。那时，跟他一起被公司录取的还有他的一个同学，两人他乡遇故人原本应该高兴才对，可是他们却高兴不起来。因为命运各有不同，并且还很不公平，那位同学寸功未立便成了主管助理，而表弟却是一位普通职员。于是，在以后的同学聚会中，只要有那位同学在，表弟就感觉到自己好像矮人一截似的。表弟恨恨地想，自己和那位同学，不管学历还是能力都不相上下，怎么他偏偏就有这么好的运气，自己就没有呢？肯定是那位同学善于拍马之术，不然怎么就被主管看中了？但又一时抓不到他的把柄。

因为每天都要面对自己同学那张春风得意的脸，表弟就感觉到心里有一把火在熊熊地燃烧，让他难受不已。终于，表弟忍不住做了一件令他后悔一生的事情。那天，他找到主管，跟主管说，那位同学的学历有假，并且不惜牺牲自己来让主管相信他的话。表弟说，他们学校在毕业考试时集体造假，虽然毕业证书是真的，但所有同学其实都没有达到毕业的水平。很快那位同学便被开除了，一起被开除的还有表弟。那家公司最不能容忍的事就是造假，所以任凭那位同学怎样解释都没有用，因为作为他同学的表弟都承认了，还有什么好说的！

事后，表弟才知道，那位同学之所以一进公司便能当上主管助理，是因为他的英语口语非常好，由于他的大胆自荐，使主管很快就亲耳听到了他一口流利的英语，而主管正是需要这样的人。那位同学还跟主管推荐了表弟，说表弟的英语口语也不错，主管答应再观察一段时间后，就提拔表弟，可是谁也没想到，表弟会做出这么荒唐的举动。尽管表弟和那位同学以后都相继找到了工作，但像那么好的机会却再也没有出现过。现在回想起来，其实表弟觉得那位同学身上还真是有很多优点值得自己学习，比如他大胆的自我推荐，敢于在陌生人面前用英语说话。

俄国著名寓言家克雷洛夫，因为家贫，便到集市上拉小提琴赚一点小钱生活。跟他一起拉琴的是一位比克雷洛夫小很多的孩子，可是，他的琴却拉得比克雷洛夫还要好，钱也赚得比克雷洛夫多。有人劝克雷洛夫说："你还是去别的地方拉吧，这样你也许会赚得多些。"还有人说："一个小孩子拉的琴都比你好，你怎么还好意思和他待在一起呢，要是我，早就去别的地方了。"可克雷洛夫却说："是的，正是因为我的琴拉得没他好，所以我才决定留在这里跟他学，如果我现在就走了，那我跟谁学琴去？"

点评

要知道，嫉妒之火，燃烧了别人，也会毁了自己。所以说，妒人不如学人，只有勇于承认自己的不足，敢于学习别人长处的人，才能让自己慢慢变得丰盈，并且强大起来。

怎样与好运相遇

他出生于一个普通的农民家庭，因为家境贫困，家里根本就拿不出送他读书的钱，所以他毅然将那张大学录取通知书，埋进了箱底。然后，他背着一个小包，拿上借来的二百元钱，独自走出了生养了他二十年的小山村，去省城长春谋生。

因为母亲是个业余的二人转演员，从小受母亲的影响，他也爱上了表演艺术。他十分渴望，自己有一天也能走上表演艺术的道路。于是，他决定去歌舞厅当服务员，这样，他便有机会接触那些演员了。虽然当服务员的工资微薄，但每天他都能看上免费的歌舞表演，他觉得值！从此，他一边打工，一边偷偷学艺。

慢慢地，他也能唱上几首歌，或者表演几个节目了。于是，他辞去了服务员的工作，开始给歌厅唱歌。有一次，他要跟一个女歌手对唱一首名叫《为了谁》的歌。结果女歌手临时有事到不了现场。台下几百名观众还等在那里呢，歌厅老板急得像热锅上的蚂蚁。他见状，不慌不忙地对老板说："不如，让我试试如何？"老板说："你不是唱男声吗，现在需要的可是一位女歌手！"他说："老板，我可以一边唱男声，一边唱女声，不如就让我试试吧！"

此时，老板也没了主意，只得死马当活马医，随他去了。没想到，他一人演唱的那首男女对唱的歌，竟然赢得了观众的一片叫好声。演唱结束后，老板高兴地握着他的手说："你是从哪里学来的这种本事，唱得可真好啊！"这下，他不但工资涨了一倍，而且生平第一次体会到了被观众欢呼的快乐。

一次偶然的机会，他接触了被誉为中国国粹的京剧男旦艺术，并产生了浓厚的兴趣。从此，他一边演出、一边求学，潜心钻研。经过努力，他又在 CCTV 星光大道上，以男旦梅派表演震撼了观众，并以其甜美的歌声、婀娜的舞姿、俊俏的扮相获得年度季军，网络上的支持率高达百分之九十三。被观众誉为《星光大道》无冕之王，成为当之无愧的平民偶像。他的名字叫李玉刚，如今不但被中国老百姓熟知，还被许多外国朋友记住了。

法国巴黎出版的《欧洲时报》头版头条刊登了一条消息：中国当红男旦演员李玉刚随中国《玫瑰钻石》表演艺术团赴欧洲巡演，把中国古老的艺术带出了国门。接下来，李玉刚便火遍欧洲各国。CCTV－4还做了专题报道。其代表作《新贵妃醉酒》，被选为第十七届中国金鸡百花电影节的背景音乐。现在，李玉刚已被聘任为“中国歌剧舞剧院”独唱演员。

有人羡慕地对他说：“你的运气真好，一天大学都没上，仅仅遇上了一个女歌手的失约，再就是用女声唱了几首歌，居然就火了。而我为了拿到一张大学文凭，便花去了四年时间，结果好不容易毕业了，又是四年时间过去了，居然还没有找到工作！”

李玉刚说：“不对，我的运气并不比你的好，我们只是有一点不同而已。你上大学花四年时间只为拿文凭，又花四年时间只为找工作，而我已经工作八年了！同样的八年，你一直在寻找目标，而我则一直与目标待在一起！”

点评

人生中，好运总是喜欢跟目标一同前往。如果你总也找不到目标，那么也就遇不到好运，如果你早早地找到了目标，也就能早早地遇到好运了。

浓浓荔枝情

那年初来南方寻工，没什么专业技术的我经过半个月的“折腾”，口袋一天天瘪了下去，心却一天天提了上来。四处奔波的疲惫，流落他乡的焦虑，人已黑瘦得不成样子了，我毅然决定由深圳转战到广州。

在广州又“寻老乡不遇”。人生地不熟，眼看日薄西山了，口袋里已没有了支付一晚的铜板。想想以后的日子还长着呢，只得咬咬牙一头扎进了附近的一片荔枝林里。后来才知道那个曾经的避难之所就是广州花都郊区的一片荔林。

那时正是岭南荔枝飘香的季节，一串串红灯笼似的荔枝挂满了枝椏椏。我悄悄潜入浓荫深处，暗暗庆幸找到了一个绝妙的寄宿之所。我爬上了一棵枝椏较多的荔枝树，将疲惫的躯体横搭在枝干上。透过浓密的树叶看满天闪烁的星星，想着远方的亲人是否也在思念流落他乡的我呢，不觉间思乡的泪水便涌满了眼眶。星星在朦胧中眨眼，红红的荔枝在头顶摇动。我突然想起了苏东坡的名句：“日啖荔枝三百颗，不辞长作岭南人。”这时辘辘的饥肠唤醒了我原始的“贼心”，饱餐一顿之后才在绿叶的掩映下迷糊地睡去。

在一阵沙沙的响声中醒来时，眼睛被一道强烈的灯光给罩住了。这突如其来的惊吓使我出了一身冷汗，差一点从高高的荔枝树上摔了下去。一个苍老的声音在耳边响起：“你是什么人？”

“我、我……”我吓得浑身酸软，知道肯定是碰上了看园人，想起刚才自己吃了那么多荔枝，心早已窜到了嗓子眼。我像小时候偷吃了邻居的地瓜一样惊慌失措。在电灯光强烈的照射下，我顺着树干抖抖索索地溜了下来。

看园人的背有些驼，朦胧的月光照在满头华发上，使一张多皱的脸变得慈祥而亲切。经过半个多小时的“审讯”，看园人了解到了我是一个外来工。他将我的身份证、毕业证等证件一一还给了我，半晌才叹了口气说：“可怜的孩子啊，你跟我来吧！”

老人将我带进了树林深处一所亮着灯的小木屋。老人给我端来了香甜可口的饭菜和一串又大又红的荔枝。那一夜我们如一对忘年之交的朋友同榻而眠。我对老人诉说在外流浪的艰辛和无奈，老人给我讲他人生的苦涩和甘甜，还有看园生活的孤独和乐趣。

当我在广州找到了立足之地后，去找那片曾经栖息过我疲惫的躯体、抚慰了我漂泊灵魂的荔园和那位慈祥的看园老人时，却已是人去园空。小屋的新主人告诉我，老人已被香港的儿子接去定居了。

以后每当荔枝飘香的时候，我便想起了那一晚夜宿荔园的情景。啊，是那浓浓的荔枝情，温暖了我因流浪而孤独凄凉的心境。在漫长的人生之旅中，无论是打工还是做人，我都将更加认真而执着，那一份人间真情也会令我萦绕一生，温馨一生。

点评

人的一生中会遇上很多事，有挫折，也有顺境，也会遇上很多人，有好人，也有坏人。心中常记顺境，多想好人，常怀感恩之心，你的人生也会多些温馨、多些美好。

玫瑰的考验

男孩马上就要见到他渴望已久的女孩了。男孩的心在怦怦地跳,她究竟是个什么样子的呢,在电话里,她的声音是那么甜美,她一定长得很漂亮。就像她的心灵一样美!他们通了四年书信,四年来,他是在她的资助下读完大学的,他是一个穷贫山区的失学青年,当他考上了大学而因贫困没法上学的事发表在报纸上后不久,他就收到了她的一笔汇款。从此,每个月他都能收到她寄来的生活费。男孩就是在她的资助下上了大学。除了汇款外,女孩还给他写信,鼓励他认真学习。从她的信里,他知道她就住在这座城市,她的父亲是一名商人,家境不错。

在他们的通信中,渐渐地,男孩由对女孩的感激、尊敬而产生了爱慕之情。而女孩也在信里隐隐地向他表露了爱意。男孩几次提出要见一见女孩,都被女孩拒绝了。女孩甚至不告诉他,她的年龄和职业,或许她也和他一样是一名大学生呢,他想。于是他要求她寄一张照片给他,也同样遭到了女孩的拒绝。女孩说,在他大学没毕业之前,她是不会见他的,连照片也不能寄。她问他,难道你很在乎我的容貌吗?他赶紧回信说,他只是想在心里记住她的模样,他怎么会在乎她的容貌呢。她一直是他的精神支柱。

他终于等到这一天了。女孩说,她的手里拿着一枝红玫瑰,要他的手里也拿一枝红玫瑰。因为他们都长大了。男孩明白女孩的意思,玫瑰代表爱情,也就是说他们这次的见面可是非同寻常了。男孩的心情再次激动起来。他手拿红玫瑰,站在女孩指定的约会地点,眼睛不住地在人群中搜寻,每一位向他走来的女孩他都不会错过。突然,一位妙龄女孩向他走来了,苗条的身材、轻盈的步态,她是那么端庄美丽,就像一位高贵的公主,正是他心中的女孩形象。可是,他发现,她的手里没有玫瑰花。她就这样从他的身边走过去了。男孩有些失望,但他还是将目光望向了前方,因为此时,他又看到了一位女孩,不,应该叫阿姨,她虽然身材有些肥胖，年龄偏大，但她的手里却拿着一束火红的玫瑰花。他没有犹豫，径直朝她走去。男孩拦住阿姨，将一束火红的玫瑰花递到了她的面前。

阿姨指着不远的一家酒店，说："刚才走在我前面的那位女孩，交给我一束玫瑰花，并对我说，如果有人拿一束玫瑰花出现在我的面前，就叫他去那家酒店，她在那里等着呢。我想，你应该是她说的那个人吧。"

点评

只有坚定信念的人，才会走向最终的成功。成功的事业、美好的爱情，都是人人追求的东西，这些美好的东西，在未出现在你面前之前，往往像个调皮的孩子，躲在某个角落与你捉迷藏，此时，如果你的意志不坚定，很可能就会与之失之交臂。

一巴掌的人生

十一岁那年,我读小学五年级。一次上体育课时,因抢不到球而气恼不堪的同学刘强,将气全撒在了我的身上,他怒气冲冲地奔向我,一脚踢过来,我急忙躲开。由于他用力过猛,一脚踢到了墙壁上,他的鞋顿时脱了底,脚拇指也擦伤了,直流血。这下闯祸了,体育老师从远远的操场另一头赶过来问是怎么回事。知情的同学和不知情的同学都不敢吭声。刘强哭着说我欺负了他。我辩解说,是他自己踢到墙壁上的。

不一会儿,刘强的父亲来了。刘强的父亲是村里有名的农民企业家,不但自己搞实业发了财,还出资将村里的路修好了,更重要的是将学校原来漏水的黑瓦换成结实的红瓦。刘强的父亲看到受了伤的刘强满脸泪水,对体育老师很不满。体育老师审问我的声音顿时提高了八度:“究竟是不是你欺负了刘强?”我倔强地瞪着体育老师说:“不是我,是他自己踢到墙壁上的!”

这时,我的脸上“啪”的一声挨了重重一巴掌,是母亲打的!原来母亲得知消息后,扔下锄头就跑来了学校。我用手捂着火辣辣的脸不解地望着母亲。望着母亲那张愤怒的脸,我委屈得直掉眼泪,我不明白,为什么大家都不相信我,明明是刘强想踢我而踢到了墙壁上,偏偏要说是我欺负了他,更令我难以忍受的是母亲对我的不理解。

晚上,我赌气没有吃饭,一个人早早地睡了。睡到半夜,我感到脸上凉凉的,好像有水珠在滚动,睁眼一看,是母亲,她正坐在床边静静地看着我,那水珠是从她的眼眶里流下来的。见我醒了,母亲从床边的柜子上拿起一个苹果让我吃。父亲收破烂刚刚回家,还给我买了两个大苹果。

我的肚子确实饿了,何况一年难得吃上一个这么大的苹果,我狼吞虎咽地吃了起来。但我依然忘不了母亲打我的那一巴掌!我得告诉父亲,让父亲去向我讨回公道。父亲没有吭声。母亲接过话说:“孩子,我知道不是你的错,但我还是打了你，因为我只能管你，你是我的孩子，而刘强则不是，我没有权力管他，他有自己的父母管着。但是我要告诉你，这个世界上没有绝对的公平，很多时候忍耐比争论更重要。”

尽管我当时听不太懂，但随着年龄的增长我慢慢地明白了，母亲的话是对的。在后来的人生路上，我刚参加工作时，当同事们尽量将自己的事情往我的身上推时，我没有争论；后来因我的工作成绩突出，有人又设法在我的背后打小报告时，我忍耐着没有争论……我将这些都看成了人生路上磨炼我成长的石块和荆棘，只有绕过了苦难，才能看到希望的太阳。如今，我被公司任命为副总经理，坐在八楼明亮的办公室里向窗外远眺时，我的心里便鼓满了自信的风帆。

前不久，我在给母亲打平安电话时，不知怎么的，母亲突然谈到了当年那位农民企业家的儿子刘强，他因与人争锋失手伤人后又潜逃了数月，现在已被逮捕，等待他的将是漫长的三年牢狱生活。我终于明白了母亲当年的良苦用心，也明白了“沉默是金，吃亏是福”的真正含义。

点评

吃亏是福，这是中国古训。正所谓退一步海阔天空，就是教育我们，遇事要懂得谦让，懂得不与人争一时之长短，因为只有忍得一时之气，才可免去百日之忧。

教　子

邻居老王常跟人说，他这辈子最大的遗憾就是没读多少书和受了很多苦。所以他不能让他唯一的儿子再走他今天的路，也就是说，他要让儿子少吃苦，多读书。

老王出生于20世纪50年代末，年轻时正赶上知识青年上山下乡，浪费了人生中一段最美好的时光。20世纪80年代初期，他被改革开放的洪流冲到了南方，由于没有文化，他给建筑工地当小工，日晒雨淋，每月才挣几十元钱。并且由于他善良而单纯还屡次被人骗。慢慢地他变得精明了，在换过无数工种后，他选择了酒店业，经过近数十年的努力，终于成了一个资产过百万的老板。每每回首往事他总是感慨不已。于是他下决心要让儿子上最好的学校，过上最好的生活。

从小学到大学，儿子从没洗过一件衣服，从没做过一顿饭，从没擦过一次地。在家里有保姆照顾，学校不准保姆进去，他便要求儿子将衣服拿回家给保姆洗，学校里有劳动课，他便用钱买通儿子的一个同学代劳。他跟儿子常说的一句话是，你只管认认真真读好书就是帮爹的大忙了，其他的自有爹给你搞掂。

儿子果然不负爹所望，门门功课优秀，每次考试拿第一，老王惊喜于自己终于创造出了一个优秀的儿子。四年大学很快就要结束了，老王又马不停蹄地为儿子联系单位，每当想到儿子在他精心铺就的康庄大道上迈步时，他就兴奋不已激动异常。

学校在毕业前夕一般都要组织学生去与其相关专业的单位实习，儿子是学金融的，本来老王不想让儿子去，因为他已经为儿子找好了一家银行的单位，只等他去上班了。可转而一想，让他锻炼一下也好，便让儿子去了。

上班的第一天，那家实习单位的主任便让他先打水扫地擦桌子。老王的儿子不曾干过那些活，就犹豫着不干。主任可不管你是什么人，劈头盖脸地训了他一顿，结果两人竟当场争吵了起来，老王的儿子从没受过这种委屈，一气之下吃安眠药自杀了。

老王没有想到，如果没有坎坷曲折的经历敌铺垫，他在事业上也是很难取得成功的，而他的这些经历也是不能够转让给他的儿子的。

当老王明白过来时已经晚了。

点评

一个人如果没有丰富的生活经历，也就没有较强的心理承受力。一个人如果将苦难当成是一种耻辱，而不当作是一种经历、一种财富，那将是一件很危险的事。

做新人的勇气

因为喜欢唱歌,从小她便有意向音乐靠近,不只是音乐,甚至是一切与音乐有关的,她都痴迷。因为有音乐,便一定会有舞蹈,所以她也同样喜欢上了舞蹈;因为有音乐,便不能缺少音乐人,所以她又成了音乐制作人。不管是作为歌手,或是作为音乐人,还是作为舞者,她都非常出色。

可是,她却对自己不满意,总是在否定过去的成绩。曾经,她以一首《咚巴拉》红遍了大江南北。可是,她却再也不愿唱那首歌了。很多人奇怪,为什么在事业的顶峰期,不继续唱下去呢?

只有她的心里清楚,事业的顶峰过后,便会进入低谷。就像我们翻山越岭一样,每当翻过一个山头,便要经过一个低谷后,才能攀上另一个山头。除非你愿意老是待在一个山头,这样的好处是,永远处于高处,坏处是,再也到不了别的山头,再也看不到别的风景。

所以,在《万物生》唱红之前,便是她进入低谷之时。很多人劝她,不要再折腾了,还是好好地唱《咚巴拉》吧,这样既让歌迷高兴,商业团队也不亏,而她则只需整天顶着耀眼的光环,满世界歌唱就行了。

可是,她却不肯。她宁愿一分钱报酬都不要,也要唱她以全新面貌示人的《万物生》,为此,她甚至还倒贴上了不少费用。商业团队一再警告她,这样全新的面孔与唱法,观众是不会接受的,这样的结果是,商业团队赔本,她更赔,赔了时间,赔了金钱,还赔精力。

谁都没想到,就在2006年,全新的她与全新的《万物生》,竟然一唱而红。不只是因她那令人惊羡的独特嗓音,更因她那独一无二的演绎方式与风格。没错,她就是萨顶顶,原名周鹏。

为了让自己新得彻底,她不但改变了原有的艺术风格、服装风格,甚至连名字都改了。不知情的人,还认为唱《咚巴拉》的周鹏与唱《万物生》的萨顶顶,是两个人呢。

对于很多事业有成的人来说，每涉足一个新的领域，都是在做新人。做新人，需要勇气。只有有勇气的人，才敢于做新人，做新事，做一个不断爬山、不断登顶的人。也许，这才是萨顶顶给自己取这个名字的意义所在。

点评

做新人，需要冒着舍弃的风险，舍弃以前的成功和一切与成功相伴的资源。但风险与机遇总是相伴相随，做新人，也有新人的优势，每次新的尝试，总能有新的收获、新的风景。

所有的人

在一家杂志社工作时，曾经采访过一位企业家。我问企业家，什么样的人适合自己创业时，企业家没有直接回答我，而是跟我说起了他多年前的一个故事。

那时，企业家还不是企业家，而只是一家企业的推销员。当平时省吃俭用惯了的他，第一次坐飞机时，那昂贵的机票着实让他心疼了一回，尽管机票费是由公司出的。于是，飞行途中，当服务小姐推着小车，一路从后面走过来，停在他的身边，并微笑着问他，需要喝点什么的时候，他本能地拒绝了。

他想，火车上的东西都很贵，飞机上的东西一定更贵吧。望着别人有的要了咖啡、有的要了奶茶时，他吞了吞口水后，悄悄地从自己的旅行袋里拿出了一瓶白开水。那是用矿泉水瓶装的白开水，经济实惠，每天出门前，他都会给自己准备一瓶。他拧开瓶盖，旁若无人地喝了起来。尽管遭遇了一些不理解的眼神，但他却心安理得。心想，我才不上当呢。

当然，还有一个原因是，他觉得坐在他身边的人，都是富人，而自己依然是个穷人。富人坐飞机，那是很正常的，自己虽然也坐了一回飞机，但费用却不是他出的。而飞机上那些昂贵的饮品，也只有富人才配享用，坐飞机已经是奢侈了，他做梦都没想到，自己也能享用飞机上的东西。

可是，后来他在跟人交流时才知道，飞机上的饮品是不需要付费的。因为那些东西的费用，已经包含在机票里了。也就是说，只要是上了飞机的人，就能自由地享用那些饮品。这让他后悔不已。同时也让他明白了一个道理：富有者并不一定高贵，贫穷者也不一定卑微。上天是公平的，他把机会的种子撒到了每个人面前，让每个人都有接近成功的机会。就好比那张机票包含了饮品的费用一样，人的生命也是一样。既然来到人世，所有的生命就是同等的，别人能做的事，自己也能做。于是，从此他不再认为自己只是当推销员的料，他在心里悄悄地种下了一颗创业的种子。再后来，他成了企业家，终于实现了自己创业的梦想。

故事讲完了,企业家才说:"你问我什么样的人适合自己创业,我现在可以告诉你了。那就是——所有的人。"

点评

诗云:"公候将相本无种,好把勤劳契上天,人事尽从天理见,才高岂得困林泉。"意思是:公候将相不是天生的,想要成功,可以靠勤劳去争取。机会面前,人人平等,成功不是属于哪一个人的,只要肯努力,所有人都有机会。

不褪色的证据

隔老远，阿里就看到父亲进了院子。阿里知道父亲下班了，于是赶紧给父亲开门，并将一杯水端到了父亲面前："爸爸，您辛苦了，喝杯水吧！"

父亲冷冷地看了阿里一眼，说："谁让你给我端水了？作业做完了吗？"

阿里说："早做完了。"父亲一把接过阿里的水杯，猛地将水倒进了洗手间，然后重新倒了一杯，边喝边问："那么，你就不会给妈妈分担些家务？"阿里说："家务全做完了，饭也做好了！"

"嗯！"父亲似乎比较满意，但依然板着脸，"将你的试卷拿来我看看！"阿里赶紧拿来试卷，双手递给父亲。试卷上是满分。看来，父亲实在挑不出儿子的毛病了！

突然，父亲像是想起了什么，说："那你就做二十个俯卧撑吧！"阿里说："爸爸，我今天已经做了二十个！"父亲说："那就再做二十个！"

阿里哀求道："爸爸，您就让我陪您坐坐好吗？您每天这么忙，好长时间不回家，我想跟您说说话！"父亲说："你还是先去做二十个俯卧撑吧！"

阿里终于哭着跑开了，他不是害怕做俯卧撑，他是受不了父亲对他的态度。阿里哭着对母亲说："妈妈，我肯定不是爸爸的儿子，对吗？"阿里的母亲心疼地摸着阿里的头，说："儿子，你怎么能这么想呢？"阿里哭得更凶了，说："我觉得爸爸根本就不爱我！"

母亲说："孩子，爸爸一直都是爱你的，只是现在你还小，体会不到爸爸的爱，等你长大些就知道了！还有，以后不准这样说你爸爸！"阿里觉得自己已经不小了，他都十二岁了，已经是一个小男子汉了！他不明白，为什么母亲也要替父亲说话。之后，他确实没再说过"爸爸不爱他"这样的话，但他却将这句话装进了心里。

从此，阿里再也不给爸爸开门、端水，更不跟爸爸讲话了。他甚至连看都不想看爸爸一眼，反正他在家的日子也不多，就是偶尔回家，他也要刻意躲着父亲。他觉得，如果爸爸永远不回家，他也不会想他的！

可是，令他奇怪的是，父亲竟然也不理他。只要父亲看不到他，他就不会问他有没有做作业，问他要试卷，更不会要求他做家务，或者做俯卧撑！他对父亲慢慢地从恨变成了漠视！

转眼，阿里十八岁了。一天，父亲突然兴致勃勃地对他说："阿里，今天我想带你去游乐场，或者动物园好吗？"阿里奇怪地看着父亲，说："您没有搞错吧？我都十八岁了！已经不需要家长领着去游乐场和动物园了！"

父亲说："孩子，可是，我答应过你的，一定要带你去的！"阿里吼道："太晚了！那已经是很多年前的事了，我不明白，您为什么现在才想起来！对不起，我现在没兴趣，也没时间，马上要高考了，请您不要影响我的学习。"

父亲不甘心地说："对不起，孩子，对于你来说，这确实是有点晚，但是，我不是个言而无信的人，你母亲知道，我一直很在乎对你的承诺……"

因为过于激动，阿里快要哭出声来了："求您不要再说了，让您的承诺随风去吧，因为您根本就不爱我，我也不想再跟您这个骗子讨论这个问题了！"

一直站在旁边的母亲，深情地看了一眼阿里的父亲，然后转过头来对阿里说："孩子，你爸爸一直都是爱你的，你一定要相信我！"

阿里说："妈妈，您怎么也来替他说话？他根本就不是我的爸爸，他是个骗子！"

母亲说："我没有替他说话，也用不着我替他说话，因为这些证据可以证明，他是爱你的！"阿里怔住了，他从来没有听说过什么东西，还能为爱证明！

这时，母亲慢慢地将一包东西打开了。那是一包信。

母亲一封封地念着：阿里，我的儿子，今天我又要去执行任务了，我知道，这次很可能再也见不到你和你的母亲了。万一我出事了，我只希望你们能好好地活着……

阿里：我的儿子，今天这次任务比任何一次都可怕，我有预感，这很可能就是我与你和你母亲永别的日子。我只希望，在我走后，你们能够好好地活着。我曾经听说，一个人消失了，对这个人的恨也就会慢慢消失；而爱一个人，在失去他的时候，对这个人的爱并不会消失，反而会痛苦万分。所以，儿子，我宁愿你对我的情感是恨，而不是爱。

母亲继续一封封地念着，可是阿里再也听不下去了。虽然那些信已经褪色，但他却看到了一颗鲜艳的父爱之心！

原来，父亲是一名专门对付恐怖组织的特警。在与恐怖分子的较量中，多次与死神擦肩而过，所以这些信也就没有交给阿里。他跟妻子商量，在他退役之前，不告诉儿子他的真实身份。他之所以对儿子如此冷漠，是希望万一他在执行任务时回不来，儿子才不会太悲伤！今天，父亲退役了，也就是说，他可以自由地向阿里表达他的父爱了！

阿里哭着说："妈妈，您不要再念了。"说完，紧紧地抱住了父亲，说："爸爸，今天您带我去动物园吧！"

点评

可怜天下父母心。希望天下的儿女都能早早地明白、懂得如山的父爱、如海的母爱，体会他们养育自己时的艰辛，并能早日回报他们，千万别等到"子欲养而亲不待"时，再空留一腔悔恨。

第四辑　一颗等待的心

岳飞在《满江红》里写道："莫等闲，白了少年头，空悲切！"意思是，年轻时要珍惜生命和时间，去学习、体验和闯荡，而不要等到年老时，才来懊悔自己年轻时虚度光阴，一无所成，到那时就太晚了，只有叹息和悲伤了。但泰戈尔也说过，一个人的青春时期一过，就会出现像秋季一样的优美的成熟时期，这时候，生命的果实就像稻子似地在美丽、平静的气氛中等待收获。人生与果实一样，需要播种与施肥，也需要适时地等待，等待收获季节的到来。

一颗等待的心

在我的老家，几乎每家都种有梨树，我家也有一棵。小时候，我的嘴特别馋，当梨还只有鸡蛋大小时，我便开始摘来吃。虽然味道还很苦、很涩，每次吃过之后，便发誓再也不吃了，但是到了第二天，望着树上一串串诱人的梨，我又忍不住要去摘，摘后又忍不住要吃。

当梨还不及鹅蛋大小时，一树梨便被我摘来吃完了。虽然梨全被我吃了，但心里依然不满足，因为那梨不好吃。于是我就在心里埋怨父亲不会种梨，种的梨没有别人家的好吃。特别是当我的梨摘吃完后不久，我又在别人家吃到梨后，就更加认定父亲不会种梨了。因为别人家的梨都是脆而甜的，而我家的梨则是硬而涩的，所以记忆中，我家的梨是最难吃的。

那时，我每吃过一家的梨后，便要请教别人，怎样种出的梨才好吃。见我夸人家的梨好吃，人家都很高兴，并且都热心地教我如何才能种好梨。有的说，要多施农家肥；有的说，不要打农药；有的说，要勤锄草；有的说，要多松土……

为了让自家的梨变得好吃起来，我努力地听取了别人的意见，认真地学习别人传授的秘诀，并学着别人的样子，来种植自家的梨。可是，我家的梨依然不好吃。

后来，我长大了，远行了。人在他乡时，每每回忆起家乡的梨，依然是苦涩的味道。有一年回老家，母亲端出几个梨，我吃了一个，竟然脆甜可口。我问这是谁家的梨。母亲说："还有谁家的，自家的呗！"我疑惑了，说："莫非是我小时候从别人家学的种梨秘诀，当时没生效，在我走后又生效了？"

母亲说："什么种梨秘诀，全村人都是同样的品种、同样的种法，只不过你那时嘴馋，总是等不到梨成熟便摘来吃了，当然又苦又涩啊。"

再好的品种，再好的种法，不给出足够的时间，也种不出好吃的梨来。

点评

人生中的很多事情都是这样，有时候，之所以不成功，并不是方法错了，或者是努力得还不够，而是时间没到。当一切努力过后，你需要的，仅仅是一颗等待的心。

怎样留在十八岁

在成年之后，特别是四十岁之后，我经常想，我十八岁时都做过些什么。一次，我跟几个同学一起逃课，走了一天的路，还在一个山洞用树枝、树叶搭成的临时帐篷里住了一晚，第二天竟然还能再走一天的路，赶回学校。那次，我们逃课去大山里的理由，竟然是听说那里住着一位神仙，我们都想拜神仙为师，跟他学习道术。神仙自然没找到，但却换回了老师和家长的一通教训。

除了想学道术之外，我还喜欢练武。但除了电影里能找到会武术的人，现实生活中似乎找不到。于是，我便学着电影里的样子，自学武术。我将两条腿上分别绑上沙袋，从家里跑步到学校，十几里的山路，哪怕气喘吁吁，却从不喊累。

一天，我突然打电话给当年一起住过山洞的同学，同学开了家公司，生意红火得让他总也闲不下来。我说："哥们，咱们什么时候徒步去一趟山里，去找那个神仙学习道术吧。"同学说："你没发烧吧，怎么尽说胡话呢？"我说："我没发烧，我真的想去那个山洞住一晚。"同学说："你以为你还是十八岁呀，你要疯，自己疯去，我可没这个闲心！"说完，同学挂了电话，忙自己的生意去了。

我又打电话给另一个同学，他是一家单位的副局长。我说："哥们，咱们什么时候去母校看看吧。"同学说："好呀，你定时间，我派车去接你。"我说："我想在腿上绑两个沙袋，然后从咱们村走路去。"同学说："你说什么？"我说："我想绑两个沙袋在腿上……"同学说："我正在开会……"就这样，同学挂了电话。

其实，在打完电话之后，我还真吓出了一身冷汗，我这是在干吗呢？幸亏对方没答应，如果答应下来，我难道真要再住一回山洞，在腿上绑一回沙袋？

一次，我外出采访时碰到一位老人，他背着一个旅行包，准备徒步去旅行，目标是全中国。我开玩笑，说："您不是十八岁，而是五十八岁了，还能像十八岁那样徒步去旅行吗？"

老人说："是的，虽然我早已不再年轻，但我还是想留住十八岁，正因为徒步旅行是十八岁时干的事,所以我才要这么干的啊!”

点评

十八岁时的岁月肯定是留不住的,能留住的是一颗十八岁时的心。有一颗不老的心,将身体锻炼得像十八岁时一样强壮,只要你敢于行动,就一定能做得到!

活着的理由

她开着一辆红色的跑车,行驶在这个边远小镇的公路上,这就是她的家乡。她是来接她的父亲,去城里享受富裕生活的。

小镇的公路有些崎岖,她将速度放慢了,一边打量着小镇的面貌,一边想着父亲在公路边上摆摊卖杂货的情景。她去城里创业十年了,也由原来一个穷人家的丑小鸭,变成了如今人人羡慕的白天鹅,可小镇的变化却不大。这让她一下子便找到了家,她想,父亲再也不用过以前的穷日子了。

可是,令她没想到的是,父亲见到她今天的变化后,并没有她想象中惊喜的表情。不但如此,她仿佛还从他的眼神中,看出了某种担忧和失落。她不明白,她今天的成功,不是父亲一直在期待的吗? 如今,愿望终于实现了,他为什么又不高兴了呢? 她强烈要求父亲将他的百货摊丢弃后,跟她去城里生活,却遭到了父亲的拒绝。

只是,令她稍感欣慰的是,在她独自回城的时候,他还是对她表示出了赞许。他不住地说:“我的女儿长大了,再也不需要爸爸去摆杂货摊了。”她说:“是的,爸爸,您再也不用去摆杂货摊了,如果您真的不想跟我去城里生活,您就留在这里,留在您熟悉的小镇,我会定期给您寄来生活费的。”

半年后,她得到了父亲病重的消息。父亲在电话里说:“孩子,你就放心吧,能看到你今天的成功,已是上帝的眷顾了,我也知足了。”她哭着说:“爸爸,你一定会好起来的。”

不久,她的公司破产了。她是背着当年父亲送她出门时,那个破旧的旅行包并坐公交车回家的。一回家,她便扑进父亲的怀里,大声哭了起来。她说:“爸爸,我的公司破产了,我又变成了一个人人看不起的丑小鸭。”

她看到父亲的眼神,突然变亮了。他就像变了一个人似的,一扫病中的萎靡,竟然精神了许多。他一边帮她抹眼泪,一边安慰她说:“孩子,一切都会好起来的,有爸爸在呢,你还怕什么?”从小,她就是听着父亲的这句话长大的,但是,现在她似乎有点不敢相信了,她知道年老的父亲,只不过是在说着力不从心的话语来安慰她而已。

但是,她错了。原本躺在床上的父亲,居然在第二天早上就下了床。他见她还在熟睡,便一个人推着杂货摊上街了。当她醒来时,他已从镇上回来了,他高兴地从怀里拿出一包煎饼,说:“你猜猜,爸爸今天又赚了多少钱?”她接过煎饼,香香地咬了一口,然后问:“多少?”父亲笑着说:“整整五十元呢!”她惊叫一声:“什么,那么多?”父亲得意地说:“怎么,不相信吗?”

从此,他们又过上了过去那种简单的生活。每天大清早,父亲便会推着他的杂货摊上街,然后给她带回来一袋煎饼,她的工作便是欢天喜地地接过父亲的煎饼,猛吃起来,然后在家里干些家务活,为父亲明天出摊做准备。生活虽然简单,但父亲却生活得很快乐。转眼,十年过去了。父亲一直不知道,她其实没有破产,虽然她跟父亲依然过着简单的生活,但她的公司却在她的遥控下,发展得越来越大了。

后来,父亲又在这种简单的生活中活了十多年,才在平静中去世了。直到去世,他也不知道她拥有一份庞大的产业。于是,很多人不理解,她既然拥有那么庞大的产业,为什么还要让父亲过简单的生活,而不将他接去城里过富裕的日子呢?

小镇上唯一知道她秘密的医生,道出了她的心声:如果她早早地将父亲接去了城里,他很可能在二十年前就去世了。因为女儿的成功,让他一下子失去了活下去的理由。所以,她的“破产”只不过是给父亲找了一个活着的理由而已。这也是她唯一能够给父亲的东西,那就是接受父亲的爱护。

点评

接受父亲的爱护,也许是爱护父亲的最好方式。简单地、理所当然地孝顺,不是真孝顺,只有走进其内心,了解其需要,才是真孝顺。

向孩子学习

女儿上小学了。可成绩却不理想。

特别是做家庭作业时,不是缠着我问,便是缠着她妈妈问。问一遍还不行,往往要问许多遍才能做好。我知道,这是明显上课没听讲的表现。

一天,我正在写稿子,女儿又拿着作业本过来了。我只得停下来,对她进行辅导。我讲了许多遍,女儿还是直摇头。因为心里惦记着那篇未完成的稿子,我便让女儿先自己思考。可女儿依然摇头说,她不会。我终于第一次冲她大声吼了起来:“谁让你上课时不专心听讲的? 自己的作业,自己完成!”女儿委屈地哭了起来。她越哭闹,我越是烦恼。

一天晚上,我去楼下扔垃圾,无意中发现楼下一对父女,正在做家庭作业。那位父亲跟我的年纪相仿,女儿也跟我的女儿差不多大。那位父亲是小区里的清洁工,平时兼收一些破烂生活,他们一家就住在我们楼下一间租来的车库里。

我们做家庭作业时的气氛是紧张的,烦恼的;而他们做家庭作业时的气氛却是和谐的,愉快的。我不由得走进了他们家,我很想向那位父亲讨教,他是如何教女儿做家庭作业的。

我的提问,让父女俩有点不解。那位父亲讷讷地说:“你是想问,我是怎样教女儿做作业的?”我点了点头。女儿接着说:“叔叔,你可能搞错了吧,应该是我教爸爸做作业才对。”我不解了,问:“你是女儿,他是父亲,怎么会是你教他做作业呢?”

那位父亲的脸,一下子红到了耳朵根。他将我拉到一边,轻声说:“你可别笑话我,我家里穷,从小就没读多少书。现在好不容易将女儿送到学校去了,看着女儿天天去读书,我的心也痒痒的,也想读书了。但是,我这把年纪,哪里还能去学校,只得求女儿教我,我这是在向女儿学习文化知识啊!”我看到那贴满了奖状的小小房间,再看看那对认真学习的父女,心里涌起了阵阵暖流。当我走出那间小屋时,那个父亲认真学习的情景与女儿认真教学的情景,依然在我的脑海中回旋。

突然,我的脑中灵光一闪,我何不学一学那位父亲,也向女儿学习文化知识?以后,女儿再让我辅导作业时,我便装作什么也不懂的样子,反问她。我说:“现在上学的人是你,不是我,上学的孩子就要好好地向老师学习文化知识,再回来教爸爸妈妈。”

奇迹出现了,从此,女儿再也没让我辅导她的作业,每天一回家,便是认真地将家庭作业做好后,再将从学校里学来的知识转教给我。因为要教我,上课时她必须认真听讲。在教我的过程中,她又复习了一遍,知识得到了巩固。从此,女儿不但不需要我辅导,而且成绩越来越好了。

点评

当一种方法行不通时,换种方式或者会获得意想不到的效果。比如偶尔向孩子“学习”,就是一种很好的育儿方法,这样可以让孩子尽快独立起来。孩子独立思考、独立学习,比家长辅导管用得多。

女孩和男孩

女孩喜欢男孩,男孩也喜欢女孩。但家长和老师却不准他们来往,经常提醒他们要以学习为重,女孩和男孩便只能在心里偷偷地想着对方,偶尔见面了也只能用目光交流。

后来女孩和男孩毕业了,并且都参加了工作,女孩很想去找男孩,男孩也很想去找女孩。但单位领导却常跟他们讲,年轻人要以工作为重,男孩和女孩虽然同在一座城市,偶尔也有见面的机会,但却从未打过招呼。

女孩长大了,家人开始为她物色对象,女孩很烦恼,为什么不是男孩呢,女孩便不答应。可又经不住家人的再三劝说,还是犹豫着答应了,女孩想既然男孩喜欢她,为什么不来找她,哪怕是写封信也好啊。男孩也长大了,家人也在给他张罗婚事,可男孩喜欢的是女孩,就在他鼓起勇气准备去找女孩时,却听说她已经出嫁了。男孩很失望,但一切都晚了,只得娶了另一个女孩。

结婚后,女孩依然喜欢男孩,男孩也同样喜欢女孩。亲人和朋友都在他们耳边说,成年人要以家庭为重,以子女为重。尽管他们的心里依然惦记着对方,可他们谁也没去找过谁。

随着子女的日渐成人,他们也都老了。女孩变成了老太太,她的老伴因经不住岁月的侵蚀早早地离开了人世。男孩也变成了老大爷,他的老伴也经不住时间的考验向上帝交出了自己的生命。这时,子女们都参加了工作并且有了自己的家庭,老太太和老大爷的日子变得越来越清闲。于是他们又不约而同地想起了对方。子女们让他们安度晚年的话语,常常令他们既温暖又心酸,他们都知道自己的生命不长久了。于是他们偶尔会在公园里见面,跟随跳舞的人群舞蹈,跟着打太极拳的人挥剑,只是相互的眼神已渐渐平静了。

突然有一天老太太住进了医院,老大爷也住进了医院,他们都被查出患了癌症。一瞬间,生命之外的东西都变得不再重要。就在这时,他们不约而同地想起了对方，他们固执地一定要去看一眼对方，他们不能带着遗憾离开人世！他们终于见面了，在子女的搀扶下，他们不顾一切地向对方扑去，老泪纵横，无语凝咽。就连一旁的护士和子女们也感动得流下了眼泪。

于是他们互相鼓励着，一定要战胜病魔勇敢地活下去，他们还向医院要求住到了一个小房间，这样他们也好相互照顾。那段时间是他们一生中最美好的日子，快乐的日子总是过得特别快。不久，医生给他们做了全面检查，结果是，他们的病奇迹般地好了！双方的子女都很高兴，都说要好好庆祝一下。他们接走了各自的老人，在豪华酒店设宴款待所有亲朋。但两位老人却不高兴，望着满桌佳肴，他们竟流下了眼泪。子女都不解地问老人怎么生病时那么高兴，病好了反而不高兴了呢，老人们不吭声，只是默默地摇头。

点评　只有到了生命的最后，生命之外的东西才会变得不再重要，一旦生命失而复得，又无法逃离世俗的樊篱。

让人进步的谎言

一次周考过后,我问读小学二年级的女儿:“考得怎么样?”女儿犹豫了一下之后,才有点不好意思地说:“还可以吧。”我又问:“怎么个还可以法? 比如说,在全班排第几名?”

女儿没有正面回答,说:“第一名不是我,是她。”我紧紧地追问:“她是谁?你又排第几呢?”女儿说了一个女同学的名字,然后叹了口气,说:“我只排到了第二名。”此时,我的心里也终于松了一口气,虽然没有拿到第一名,全班五十个同学,能够排第二名也不错了。于是,我一边夸她挺争气,还一边答应她去吃肯德基。

但女儿的兴致似乎不算太高,她妈妈也在一旁劝她,说:“不就是考了个第二名嘛,已经相当不错了,不要难过啊,下回咱再努把力,把第一名争回来就是了。”

可是,几天后,妻子告诉我,女儿在撒谎。我赶紧问是怎么回事。妻子说,她问过老师了,老师说她不是排在第二名,而是排在第十二名。这么小的孩子就会撒谎了! 我的心里很难过,说要等女儿放学回家后,再好好训她一顿。妻子也觉得这么小的孩子不应该撒谎,考好考坏,我们当家长的也没怪她呀,她怎么能够撒谎呢? 但妻子不主张我训她一顿,害怕伤了她的自尊心。就在我不知如何是好时,我的一位研究心理学的朋友来家里做客。

当朋友知道事情的经过之后,不但没有丝毫的担心,反而开心地大笑起来。我和妻子很是不解。朋友说:“其实,作为小学低年级的孩子,这类谎言对他们不但构不成伤害,还是一件非常有利的事情。因为他们懂得了向上看,向前看,对比自己强的人产生了‘嫉妒’心理,也正是因为有了这种心理,会潜移默化地推动他们去争取更好的成绩。许多家长在面对孩子的这类谎言时,会不知所措,有的甚至还会提出严厉的批评,其实那是错误的,正确的方法就是视而不见,静观其变。”

果然,第二次周考时,当我再问女儿考得怎么样的时候,她非常干脆地回答:“第二名。”我假装不知,说:“唉,怎么又是第二名呀。”女儿高兴地说:“您就等着吧,下次我一定会考第一名的。”

这次,女儿是真的考上第二名了。我跟妻子暗暗高兴的同时,又暗自庆幸,幸亏没有戳穿女儿的“谎言”,更没有严厉地训斥她,不然,就没有女儿现在这么神速的进步了。

点评

严厉的训斥与批评,往往不如顺势而为、因利而导有效果。这也就是水宜疏,不宜堵的道理啊。

拐杖的危害

一个企业家,几经周折,终于找到了一个在教育领域颇有影响的教育家,并向他倾诉了自己的苦恼。

原来,企业家是在为自己庞大的企业没有继承人而苦恼。企业家有一个儿子,可是成年后,却什么也干不了。

教育家问企业家:“您是怎样教育孩子的?”

从小,我就天天跟他讲,一定要好好读书,以后还得为我管理这个庞大的企业呢。儿子很听话,也很争气,学习上总是名列前茅。为了让孩子永远保持这样的好成绩,我还给他请了最好的家教,每门功课由一个家庭教师负责辅导,这样,就好比给孩子的好成绩上了多重保险。不但这样,我还给孩子安排了两个生活保姆,一个接送他回家,一个给他做饭洗衣。

可是孩子从此便离不开家教和保姆了,只要有家教在,他的成绩便能保持前几名,一离开家教成绩马上就下滑了。

现在,孩子已经成年,可是,他不但自己无法单独完成毕业论文,一旦离开了保姆,就连吃饭洗衣或者单独从学校回一趟家都成问题。就他现在这个样子,我怎么放心将自己苦心经营了一辈子的企业交给他管理呢?

教育家点了点头,终于明白了企业家的苦恼所在。教育家没有立即发表意见,只是交给了企业家一根拐杖,并交代他每时每刻都要将拐杖带在身边,一个月后,再来见他。尽管企业家很不理解,但还是按照教育家的话去做了。

一个月很快就过去了。企业家带着那根拐杖去见教育家,说:“求您将这根拐杖收回去吧,我整天带着这根拐杖,行动起来实在是不方便。”

教育家说:“不行,您还得继续带着这根拐杖,三个月后,您再来见我吧。”

三个月后,企业家拄着拐杖再次见到了教育家。教育家问:“现在,您拄着那根拐杖还觉得不方便吗?”企业家将拐杖还给了教育家,并试着自己走路,可他已经不会走路了,于是,他说:“您还是将那根拐杖给我吧,我觉得还是拄着这根拐杖行动起来方便些。”

可是,教育家却坚决收回了那根拐杖,说:“我如果将这根拐杖给了您,那就是害了您,您将一辈子也不会自己走路,而要依靠它了。在教育孩子的问题上也是一样的,如果您不收回那根拐杖,他这一辈子也无法自己走路,您给孩子的那根拐杖就是过分的照顾与疼爱!”

点评

人有个习惯,一旦形成就很难改变。好的习惯能让人受益一生,坏的习惯则危害一生。如何去掉坏习惯,让好习惯伴随一生,需要从习惯未形成时开始选择。

一盒点心

读中学的时候，我们宿舍里一共住着六个男生，我们五个人处得不错，有一个叫曹龙飞的却从不与我们一起玩。他不但性格孤僻从不跟我们说话，还总是独来独往，就是晚上我们邀请他一起去外面吃夜宵，他也不肯去。我们都觉得他不合群，太孤傲，以后我们再外出时，也就不叫他了。久而久之，我们甚至感觉不到他的存在了，好像我们宿舍里原本就只有五个人，而从来就没有他这个人似的。

我们五人中最大的那个叫李清华，他不但年龄比我们大好几个月，而且个子也高不少，平时还特别喜欢开玩笑，经常将我们的东西藏起来，让我们急得要哭了才还给我们。尽管如此，大家还都喜欢跟他玩，因为他家里最有钱，每次回家都会带一些好吃的东西回宿舍给我们吃。

有一次，李清华又带回了几包东西，有一大袋水果，还有他爸从香港出差带回来的高级点心，我们四人，一人一包。正好曹龙飞不在，我们先将水果吃了，然后一人抱着一包点心听李清华讲他爸的故事。贪吃的钟晓军三下五除二便将那包点心吃了个精光，吃完了，还连连说不如他爸从澳门带回来的好吃。

李清华有点生气地抢过那个空盒说："给你吃了，你还说不好吃，早知道这样，我便送给曹龙飞吃了！"突然李清华玩兴大发地将我们吃过的果皮和果核用那个空点心盒装了起来，然后朝我们眨了眨眼睛，大家会意，他肯定是想将这包东西送给曹龙飞，他的这个恶作剧般的玩笑突然将我们的好奇心调动了起来。

正好，曹龙飞回来了。李清华不慌不忙地指着桌上的那包"点心"说："曹龙飞，这包点心是送给你的，你拿去吃吧。"大家忍住笑，都想看一看曹龙飞拆开那包"点心"时的滑稽相，所以都停止了说话，并一齐将目光投向了曹龙飞。

曹龙飞在愣怔了几秒钟后，似乎不太相信似的问："是给我的吗？"李清华一本正经地点了点头："是的，是给你的，这是我爸爸特意从香港带回来的点心，大家都有的，我给你也带了一包。”

曹龙飞的嘴唇微微地抖了几下，很感动地说：“谢谢，谢谢你们大家还记得我，等我爸爸卖了麦子后给我寄钱了，我再请大家的客。”说完便伸手去拿桌上的点心。

一场好戏马上就要开始了，可是我却再也不忍看下去了。就在曹龙飞的手即将摸到那包“点心”的时候，我突然将自己手里的那包点心往他的手里塞了过去。我说：“曹龙飞，我这包也送给你吃吧。”曹龙飞赶紧伸手想将我送过去的点心挡回来：“不，我不能要这么多，这是李清华送给你的，那包才是送给我的。”我说：“我不喜欢吃点心，还是都送给你吧。”在推来推去中，我将那包“点心”调了包。也许是急切地想看一场好戏，他们竟然谁也没有看出我调了包，最后，我得到了那包装有果皮和果核的“点心”，曹龙飞得到了我的那包点心。

李清华想看热闹，便说：“曹龙飞，你拆开看看吧。”可是，曹龙飞却没有立即拆开了那包点心，而是朝我们嘿嘿地笑了两声说：“我想放暑假时带回家去给我的弟弟和妹妹吃。”接着，他又说：“那时，我们家的麦子就可以卖了，我一定请你们去餐馆里吃饺子！”

后来，我们便去吃夜宵了，留下曹龙飞一个人在宿舍里，那包果皮果核让我趁没人注意时给丢进了垃圾筒。第二天，我发现他们四人在再次看到曹龙飞的时候，还带着一种幸灾乐祸的笑意，可是曹龙飞却完全变了，他变得开朗了起来，不但爱笑爱说话，还爱学习起来。弄得他们四人莫名其妙地骂曹龙飞是神经病，给你吃了果皮和果核还高兴得跟个洋娃娃似的。

少年贪玩，也易忘事，一转眼我们便到了高考的紧张时期，谁也没再提起过那件事情。我们都考上了大学，各奔东西了就更没人提起过这件事了。

突然有一天，从美国读博归来的曹龙飞找到我，说有个同学聚会让我一定要参加，其中便有我们当年的六个人。席间，曹龙飞谈起了那盒点心。说如果不是因为李清华的那盒点心，也不可能有今天的他。他说那时的他是那么贫穷、自卑，让他感到这个世界上没人瞧得起他，甚至连一个宿舍里的人都不理他，想到偏激处，他甚至连生活下去的勇气都没有了，是李清华给的那盒点心让他知道，还是有人在乎他、关心他的。他曾经答应过大家，等他的爸爸卖了麦子有了钱便请大家的客，可是那年的麦子歉收，没有卖到钱，后来大家便各奔东西了，所以错过了请客的机会，今天他一定要将这个欠了多年的人情补上……

几个人听得面面相觑，因为已经没人记得当年的事情了。只有我还记得，当年是我偷换了那盒点心，但是我没说，我想，就让曹龙飞的这份美好的感恩之心永远地保持下去吧。突然，我想，如果当时曹龙飞打开的盒子里装的是果皮和果核时，又是一种怎样的情景和后果呢？我不敢往下想了。

点评

相信不少出身寒门的人，都有过这种因贫穷而极度自卑的生活经历。此时，如果给予其花，那么他将来可能会结出硕果，如果给予其刺，很可能收获一生的荆棘。

特别的眼泪

一个二十八九岁的汉子,已在这家叫梦幻的餐馆靠窗的位置坐了将近一个小时,他已经观察到,这家餐馆总共才三个人。那个炒菜的矮个子黑脸男人可能就是老板,坐在总台边收钱的应该是老板娘,还有一个二十岁左右的女服务员在给客人们倒茶端菜。汉子的手不由自主地握了握藏在怀里的弹簧刀,如果动起手来,就是他们三个人一起上也不是汉子的对手。至于其他食客,相信他们不但不会管这档子闲事,反而还可以借机逃掉一顿饭钱。

汉子正在胡思乱想时,一位十二三岁的小姑娘走到他的桌前坐了下来。小姑娘要了一碗水饺,正准备吃时瞅了一眼汉子面前那只空空的碗,那脆脆的声音便在汉子的耳边响起:“叔叔,你还要吃吗,要不要我给你一点?”汉子摇了摇头,将脸转向了一边。小姑娘见汉子表情严肃,便不敢再吭声了,一个人默默地吃了起来。饺子又大又白,显然小姑娘很喜欢吃。突然,她的小手一抖,一个快到嘴边的饺子叭的一声掉在了汤碗里,汤水不但溅到了她洁白的裙子上,还溅到了汉子身上。正在沉思的汉子没怎么在意,小姑娘却慌忙站起来拿了片纸巾要给汉子擦衣服。

如果不是汉子躲得快,小姑娘的手就触到了他怀里的弹簧刀。尽管汉子没吭声,但小姑娘却并没有从他戒备的眼神中读到他不友好的信号:“叔叔,要不,我赔你一件衣服吧。”此时汉子根本就没有心思听小姑娘说话了,他突然站起来,从怀里抽出那把雪亮的闪着寒光的弹簧刀,几步便窜到了总台边:“快,把钱全都拿出来!”所有的人都被汉子的举动吓呆了,特别是坐在总台边的老板娘。只见她浑身筛糠似地颤抖着,任凭汉子的刀尖在她的眼前不停地晃动,她也无动于衷。其他食客终于回过了神,纷纷离座而去。

这时,小姑娘却毫无惧色,她走到汉子的身后依然脆脆地说:“叔叔,你别要他们的钱,我这里有,我的钱全都给你,如果不够,我带你去我家里拿也行。”也许是小姑娘那张稚气的脸让汉子怔了怔，他高举在空中的弹簧刀竟然没有落在老板娘的身上。可就在汉子愣怔的当儿，远处竟隐约响起了警笛声。汉子撇下小姑娘就往外跑。汉子听到身后有人在追他便跑得更快了。

小姑娘也远远地跟在汉子的身后，当汉子跑到第二条公路时，他听到了小姑娘的喊声："叔叔，注意车子！"汉子一个急停，一辆大货车呼地开了过去。汉子吓出了一身冷汗。与此同时，他听到身后响起了一串急促的刹车声。汉子看见小姑娘已躺在了第一条公路中间，她的身边积了一摊血，一名的士司机吓得面色惨白瘫软在了车里。

汉子疯狂地向小姑娘跑去，一把抱住她就冲那位吓傻了的的士司机吼道："快，快送医院！"

医院其实就在这家餐馆的旁边，小姑娘的母亲就在医院的门口，她本来是一直陪着小姑娘的，因小姑娘执意要去这家餐馆吃一碗饺子，她的母亲便让她去了。母亲说她在这里等她，小姑娘的母亲转过身去附近的商店里给女儿买了条裙子，小姑娘就出事了。小姑娘躺在病床上，拉着汉子的手不让走，她的脸上挂着可爱的笑容："叔叔，你要答应我，再也不要去抢别人的钱了好吗？"当汉子从小姑娘的母亲那里了解到小姑娘是一个身患绝症的病人时，他的眼泪就大颗大颗地滚了出来。他扑通一声跪在地上，自言自语地说，我真浑啊，一个大男人，居然因为失业了就去抢劫……

点评

人之初性本善。不少人因环境、境遇改变时，其性格渐渐地发生了改变。这样就极易导致其堕落。此时，站在人生的十字路口，如果给予其正义的力量，他将获得新生，如果给予其漠视，则会逼其走向犯罪的道路。

见证善良

唐布伦出生在乡村一个贫民家庭，由于母亲早逝，父亲残疾，为了生活，他总要不时地光顾邻居们的鸡圈与羊栏，乡亲们都很厌恶他。从小喜欢偷鸡摸狗的唐布伦，长大后依然恶习难改，后来因抢劫银行而进了牢房。

走出牢房的唐布伦，很为自己的行为后悔，他想重新做人，做一个对乡亲们有用的人，他觉得自己很有必要将自己的想法告诉乡亲们。于是他决定回村，他决定以自己的行动去赢得乡亲们的信任。唐布伦回到村里的时候，正好是晚上，他猜想乡亲们此时都已睡着了，于是他决定先回自己家看看，他不知道自己的残疾父亲是否还好好地活着。就在这时，村子里有一户人家的屋里突然燃起了大火，唐布伦来不及回家看父亲了，他不顾一切地冲进了那家起火的房子。直到将大火扑灭，村里人都赶来了，他才回家去看望自己的父亲。

唐布伦很想向父亲表明，自己对以后人生的态度，可是他从父亲冷漠的眼神里，看到了父亲对自己的不信任。无可奈何的他，只得选择离开。可是更让他不理解的是，一夜之间有关他的流言竟传遍了整个村子。村子里的人们，没有一个人相信他会改过自新，并怀疑大火就是他放的。

唐布伦悄悄地从人群聚集的地方绕过去，无比伤心的他，决定离开这个生养了他又抛弃了他的地方。突然，他听到了一棵大树下几个孩子的吵闹声。孩子们正在激烈地争论着，他仔细倾听才知道是在议论他。孩子们狠狠地说，唐布伦是一个大坏蛋，如果他们长大了，谁也不要学唐布伦那样。听到孩子们也跟大人们一样这样误解他，唐布伦的心都碎了，他几次想站出来跟孩子们解释，事情并不是他们想象的那样，他虽然小的时候偷过东西，后来又犯罪进了牢房，可是他现在已经改邪归正了，并且昨晚的大火根本不是他放的，而是他扑灭的，尽管那对失火的夫妇也昧着良心在说他的坏话。最终他没有站出来，他觉得既然全村人都不理解他，跟几个小孩子又怎么说得清楚呢？他甚至狠狠地想，如果再这样逼他,他真的会一把火将整个村子给烧了!

就在这时,唐布伦听到了一个清脆而响亮的声音:唐布伦叔叔不是坏人,我长大了就要学他的样,当一个勇敢而善良的人,因为他救了我!唐布伦看见,那是一个小男孩,没错,昨晚就是他救了那个小男孩。尽管那个小男孩的话,很快就被其他孩子们的声音淹没了,但唐布伦的眼里,还是莫名地滚出了两颗眼泪。终于有人相信他了,哪怕那只是一个孩子!也正是那个小男孩的话,让唐布伦决定要做一个勇敢而善良的人,后来,唐布伦做房地产生意发家后,成了一位有名的慈善家。

点评

正如一个人做了坏事,给其量刑时需要证人一样,善良也是需要有人见证的,哪怕只是一个孩子,见证善良的力量也是无穷的。

拯　救

在我的班上有一个叫魏亮的学生,不但成绩差,而且还喜欢跟社会上的小混混一起去偷盗、打架。在我接任这个班的班主任之前,就有很多老师向我谈起过魏亮的种种劣迹,还连连摇头说,他肯定没得救了。就连校长也暗示过我,如果这个学生实在无法管束,可以给予开除的处理。

我决定还做最后一次努力,去魏亮的家里做一次家访,如果还是不能挽救魏亮,就只能放弃了。我是憋了一肚子的火来到魏亮家的,我一定要好好地数落一下魏亮的家长,孩子之所以走到今天这个地步,家长难逃责任。可是,等我来到魏亮的家里时,眼前的景象却让我将满肚子话卡在了喉咙里,再也说不出来了。

原来魏亮的父亲因病瘫痪在床上两年多了,他的母亲也因此离开他们父子改嫁他乡,由于生活艰难,魏亮的父亲对妻子的出走又耿耿于怀,于是便将满腔怒火发泄到了儿子的身上,稍有不如意便非打即骂,他们父子的关系也变得十分紧张。

魏亮的父亲一见到我,并从魏亮的嘴里了解到我是他的老师时,马上抡起拐杖边骂边要打儿子:“你肯定又在外面犯了事,不然老师怎么会找到家里来,快说,你究竟又干了什么坏事? 不说,老子今天就打死你!”

魏亮倔强地站在那里低着头一言不发,我赶紧夺过魏亮父亲手里的拐杖,说:“孩子今天没有犯错,你不应该打他。”魏亮的父亲不相信地问:“什么? 他没犯错? 那老师您怎么会来我们家呢?”我说:“难道只有孩子犯错了,我们当老师的才能来家访吗?”魏亮的父亲的态度显然平和了很多:“没犯错就好,唉,哪次老师来了都是告诉我孩子又犯错了,我以为这次又,唉,都是我不好,常年瘫痪在床……”

我说:“魏亮不但没有犯错,而且在学习上还有进步了呢? 我今天就是特地来告诉您这个好消息的!”接着我说:“像这么好的苗子,我们可是要重点培养的，他怎么会犯错呢？”我看见魏亮父亲的眼里突然滚出了两颗浊泪：“谢谢老师，谢谢老师告诉了我这个好消息，这可是我从来没有听到过的好消息啊，我这不是在做梦吧。”边说，他边让魏亮去倒水给我喝：“这孩子，没想到还没有废掉，居然在学习上还有了进步，这得谢谢老师您啊！”

我看到，魏亮的身子在微微地颤抖，他抬头感激地望了我一眼后，才去给我倒水。直到我走的时候，我也没有将那憋了一肚子的话，当着魏亮父子的面说出来。魏亮的父亲一定要儿子搀扶着他将我送出家门，我走了好远，还听得见魏亮父子的笑声在我的身后回荡。

多年后，早已离开教师岗位的我却意外地收到了一封魏亮的信。魏亮考上了北京的一所大学，特来向我报喜的。信上，他说：那天他正准备自动离校，跟几个小混混去沿海一座城市加入黑社会组织参与贩毒，因为母亲的离去，父亲的打骂，老师的嫌弃，他觉得像他这样的人已经没有出头之日了，不如破罐破摔算了。可是，那天他却意外地听到了我对他的称赞，并且还得到了父亲的拥抱和笑容。他突然决定不自动离校了，他要好好学习，不能辜负了我对他的期望。

看完魏亮的信，我的心里久久不能平静，没想到，平生最恨谎言的我，却用谎言拯救了一颗差点堕落的灵魂。

点评

说谎非君子所为。但如果是善意的“谎言”，又另当别论。再如果，还与一个年轻生命的前途有关，便更加值得为之了。

奖　　品

他是一个小科长,当了一辈子,也不见升迁。可他很满足,因为他得了很多奖:先进工作者、劳模、优秀干部……奖品都是一些开水壶呀,保温杯呀之类的小玩意,评奖的也都是本单位。这些在如今的很多人眼里一文不值的东西,可他却总是当宝贝似地摆放在家里最显眼的地方,家里一来客人他还喜欢拿出来炫耀一番:瞧,这就是荣誉,用钱买不来的荣誉!

最直接受益的人要数他的儿子和女儿,他的儿子为了得奖,埋头苦学,从小学到研究生,再到博士,不知道拿过多少奖。三好学生、五好学生、优秀班干部、优秀团员、优秀团干部、优秀党员、优秀科研工作者……数都数不清。最大的一个奖是国家颁发的科技发明奖。小女儿也不甘落后,最值得夸耀的一个奖是:优秀帮困扶贫企业家。

谁也没有想到,就在儿女们将自己最得意的奖品拿给父亲看时,他却沉默了。最后他居然还失声痛哭了起来。儿女不解,他们得了这么多奖,取得了这么多的好成绩,父亲应该高兴才对呀,为什么反而哭了呢?父亲不是一直都是他们的表率,并且也一直是这样要求儿女的么,难道儿女们做得还不够好,不够多吗?如果是这样的话,儿女们还可以继续努力呀,父亲也犯不着哭呀。

他说:"不,你们都没有做错,是父亲做错了,我其实早已不是科长,20多年前就下岗了,我只不过是一个捡破烂的。为了不让你们知道我在捡破烂,我在城市的另一头租了间房,专门放我的小三轮,我还有模有样地每天早晨都坐公交车去'上班'。当然,那些奖品也都是我从街边买的,买回来后自己悄悄地用油漆写个奖字,我其实从来就没得过什么奖。我之所以要这样做,完全是想让你们兄妹跟我学个好样。"

"不但那些奖品是假的,还有你们的奶奶也是假的。他是我捡破烂的时候捡回来的,我见她又老又聋又瞎,快要饿死了,便将她捡了回来。那时你们还小,你们的爷爷奶奶死得早，我想，只要我将她当你们的亲奶奶一样地照顾，也一样能给你们带个好样。可是，为了给你们一个榜样，我却当了骗子！我没有能力当好这个榜样，我这个榜样当得有愧啊！我欺骗了你们兄妹这么多年，你们肯定会埋怨我这个没用的父亲！”

一时间，兄妹俩也呆住了。随之兄妹俩哽咽了。儿子说：“爸爸，我们不会埋怨您的，正是因为您的教育得当，您的儿女才能取得今天这么好的成绩啊！”女儿说：“爸爸，这个世界上再多些像您这样的‘骗子’也不嫌多啊！如果没有您那些‘奖品’，也不可能有哥哥今天这个科学家，如果没有您对‘奶奶’的照顾，也不可能有您今天这么个有着‘优秀帮困扶贫企业家’称号的女儿啊！您不是骗子，您才是一个真正的好人，称职的父亲，我们所有的奖品都应该属于您，您的这种真诚、朴实、善良的心灵和行为，就是我们做儿女的一辈子都应该努力追求的奖品！”

点评

任何时候，真诚、朴实、善良的心灵和行为，都值得尊敬与效仿。凡是参与了“真诚、朴实、善良”的欺骗，那也是善意的欺骗。

面对自己

有一位名叫爱丽的女孩,她天生没有双臂,也没有膝盖和小腿,双脚直接长在大腿下面。她的症状与无肢畸形十分相似,它正确的名称是海豹肢畸形。网上医学词典解释是:一种先天畸形,症状为手和脚长在缩短的胳膊和腿上。因像海豹的鳍而得名。

渐渐长大的爱丽,终于发现了自己与别人的不同,她认为自己简直是奇丑无比。爱丽心想,连自己都感觉到了自己的丑陋,那别人在面对她的时候更是不愿多看一眼。她整天躲在家里不敢出门,情绪激动时便胡思乱想,究竟该以什么样的方式来结束自己的生命。可是,她的父母将家里所有能够对爱丽造成伤害的东西都拿走了,就连自杀,对于她来说都是如此困难。

可是,偏偏爱丽又是个爱美的女孩,特别是人体美,更是让她着了魔。她要求父母给她买来很多模特画册,她每天便对着那些画册描摹。终于,经过多年的努力,她以优异的成绩考取了一所美术学院。在学校的人体写生课上,她看到的全是健康的人体模特,没有一个残疾人。爱丽在惊叹于别人的美丽的同时,也努力地完成了自己的作品,她的作品充分展示了人体美的力量。

她的导师在看了她的作品后,很直接地对她说:“我觉得你之所以画那么多健美的人体,是因为你不愿意面对你自己的身体。”导师的话让爱丽难堪极了,她认为导师的话是对她的一种污辱,为此,她难过得几天没去上课也没有画画。后来,她静下心来想了想,又觉得导师的话很有道理。

突然有一天,她在图书馆看到了一本杂志上印着维纳斯的雕像图,这不正是她自己吗?爱丽激动得浑身发抖,同时,一个大胆的想法也渐渐地在她的脑子里形成了。从那次以后,她再也不需要别的模特了,她开始画她自己。画完了,她又仔细地端详,越看越高兴:“我原来也是个大美女呀!”

自从爱丽正视自己的身体和自己的生活现状后,她不但收获了一屋子的画,还拥有了很多朋友。朋友们在看过她的画后,都忍不住地啧啧赞叹起来。她的美丽像长了翅膀一样飞遍了整个校园,她成了许多同学心中的女神,人们称她为“现代维纳斯”。

每当有朋友问爱丽你是怎么做到的,她总是无限感慨地说:“多亏了导师的提醒,如果一个人连面对自己的勇气都没有的话,那么生活也不会正眼看你的。”

点评

是的,要想得到别人的承认,首先必须获得自己的认可,只有勇敢地面对自己,才能让整个世界的眼睛向你看过来。

因为温暖

有一位叫罗森林的小伙子,因为母亲的溺爱,从小他便什么也不会做。从小学到大学,他都没有离开过母亲的照顾,直到大学毕业,他还舍不得离开温暖的家去外面工作。因为如果离开了母亲,离开了他依恋的家,他甚至连生活都不能自理。

罗森林的父亲开有一家衣帽公司,在当地十分富有。罗森林在父亲的再三要求下,终于答应去父亲的公司上班。可是,还没干满一个礼拜,他便逃回了家。为此,罗森林的父亲狠狠地骂了他一顿。由于夫妻俩在面对孩子的问题上产生了严重的分歧,最终,罗森林的父母离了婚。可罗森林还是没能听从父亲的劝告,尽快学习自立,并成为父亲日后的接班人。

不久,罗森林的母亲被医院查出患了癌症,并很快离开了罗森林。更令他难以接受的是,一次车祸让罗森林的父亲也永远地离去了。此时的罗森林,被迫接管了父亲的公司。可是,由一个没有任何管理经验,甚至连生活自理能力都没有的人,去管理一家公司,后果可想而知。很快,罗森林便破产了。

破产后的罗森林,成了一名流浪汉。在一个寒冷的冬天,又饥又渴的罗森林来到了一个小区。眼看天便要黑了,一家家都亮起了灯。因为罗森林想趁黑,去哪家人的厨房里弄点吃的。就在罗森林冷得直打寒战,正好看到一家的男主人和女主人一起出来了,但灯却没有熄,他们关门的时候,罗森林看见,屋里有一个五六岁的小男孩。这是一个千载难逢的好机会,虽然他们没带小孩,可能就在附近,一会儿就会回来,但足够罗森林进屋一趟了。

等这对夫妻走远了些,他摸了摸插在屁股后面的匕首,然后大踏步地向那家走了过去。罗森林的想法是,首先敲开门,得让小男孩弄点东西给他吃,然后,还得要点钱。当然,钱越多越好,看样子,这家人也不怎么缺钱花,如果将他们的所有积蓄都交出来的话,完全可以保证他几年的温饱生活了。但是,他想,小男孩肯定会反抗，如果他一喊，他的父母就会赶过来……他再次摸了摸匕首，罗森林想，一定不能让他喊出来。眼看一场灾难不可避免。

可是，事情很快便有了转机。原因是，小男孩开门后，不但很热情地拿出了热热的面包和牛奶，还邀请罗森林与他一起烤火、吃饼干。

后来，罗森林再也不干偷鸡摸狗的行当，并开始寻找工作，哪怕再苦再累，也一定能坚持下去。罗森林跟朋友说，是因为温暖，让他成了一个坏人，也是因为温暖，让他没有干成坏事。

点评

人人都向往温暖，温暖的关怀，温暖舒的生活环境。但是，温暖也不能过量，过量的温暖能让人窒息，适量的温暖则能像氧气一样让人得到新生。

输的幸福

有一个富翁,因为小时候受了太多的苦,遭受了太多的磨难,总觉得自己不够幸福。虽然他现在成了富翁,但只要一想起小时候,因为家境贫寒而被人歧视的往事,他就愤怒不已。更令富翁愤怒的还是他年轻时找工作的屡屡不顺,和以后创业时遭受的种种打击。于是他发誓坚决不能让儿子走自己的老路。

富翁觉得自己已经够不幸的了,而这一切,都是因为他有一个无能的父亲,现在,他不能让儿子也跟自己拥有同样不幸的遭遇了。富翁要让儿子一出生就成为一个胜利者,他要让儿子的世界里,只有赢没有输,他相信自己能够做到这一点,因为他是富翁。他可不像自己的父亲那样,是一个无能的人!

富翁的儿子从小无论是玩游戏、还是参加体育比赛,冠军都是非他莫属,就是考试不及格,老师也会给他一个高分。于是,无论他努力与否,他的成绩也总是第一名。当然,这一切全是富翁的安排。

长大以后,富翁的儿子自然不愁工作。富翁将儿子安排在自己的公司里工作。从实习生到一名正式的职员,再从一名职员到部门主管,富翁的儿子可谓一帆风顺。富翁也由衷地替儿子,更替自己感到高兴,儿子的幸福生活就是富翁最大的安慰。最后,富翁觉得自己是时候将公司全部交给儿子来管理了,因为富翁老了,需要从公司总裁的位置上退下来安享晚年了,他相信从来没有输过的儿子一定能成功地管理好公司的。

可是,令富翁没有想到的是,儿子自上任公司总裁以后,第一个决策就严重失误,让公司陷入了深深的泥潭。富翁没办法,只得再次出山,和儿子一起经营公司,企图帮助儿子扭转局面。可是,经过几年的努力挣扎,却依然没能力挽狂澜。公司就这样倒闭了!

富翁百思不得其解,他不止一次地自问:难道我做错了吗?为什么从来没有输过的儿子,一次就输得这么惨呢?就在富翁悲痛欲绝的时候,他的儿子却激动得大笑了起来。富翁以为儿子疯了，于是心痛地问：“你怎么啦？”儿子高兴地回答道：“我觉得现在的我是最幸福的了！”富翁流着泪道：“儿子，你疯啦，我们的公司都破产了，你还说自己幸福，难道一无所有也叫幸福吗？”

富翁的儿子回答道：“不，爸爸，我们现在不叫一无所有，因为我终于尝到了输的滋味，原来输是一种这么幸福的感觉啊！”富翁捶胸顿足道：“儿子，你真的是疯了，哪有输了还感觉到幸福的啊？”儿子依然兴奋地答道：“因为我从中学到了知识，我第一次感觉到自己真正地学到了知识！”儿子接着说道：“以后，我一定要让自己的儿子也多尝尝输的味道，因为于我赢是一种痛苦，输才是一种幸福！”

点评

赢是每个人的终极目标，赢的理念可以说无处不在，小时候读书要赢得优秀的名次，长大后事业上也要赢得辉煌。但人生除了赢，还需要适当地输，一个不懂得输、只知道赢的人，就如没经过锤炼的生铁，一折就断。

怎样走过独木桥

十年前,我认识一对夫妻,男的叫宋勇,女的叫邬芳。我之所以这么清楚地记得他们的名字,是因为这对夫妻实在太特别了。

作为一个男人,宋勇却不干正事,天天跟一帮赌徒粘在赌桌上,输了钱便喝得烂醉,还要邬芳拿钱去饭馆里领人。房子是宋勇的父母生前留下来的,原本宋勇有一份工作,因为效益不好,工厂垮了,宋勇便下了岗。作为一个弱女子,邬芳没有小区里其他的同龄妇女那样的好命,她们坐在家里带孩子,给丈夫煮饭,让丈夫去外面挣钱养家。邬芳则被迫外出谋生。好在他们还没有孩子,家里的负担不是太重。邬芳便在小区附近的农贸市场租了个摊位,专卖时令蔬菜,虽然辛苦,倒也能养家糊口,时间长了还能有点节余。

可是,邬芳的那点节余根本就不够宋勇的赌资。两人实在过不下去了,便闹着要离婚。没想到,两人在去离婚的路上却遭遇了车祸。邬芳成了植物人,宋勇断了一条腿。

本来故事到这里便应该结束的。对于这样的一个家庭,其结果不言而喻,肯定会成为政府和社会的负担。由于我搬到了南方沿海的一座城市定居,于是也很快将那个小区里的那对夫妻给忘记了。转眼十年过去了。如果不是从一档电视节目中再次看到了那对夫妻,我想,我是再也不会想起他们的。

在电视里,宋勇虽然拄着一根拐杖,但穿着却十分讲究。很显然,他现在已经不是过去那个赌徒了。他成了老板,一家针灸按摩院的老板。邬芳也不再是植物人了,她已经被宋勇医治好了,当上了老板娘。看起来小两口的日子过得不错。

随着他们面对镜头断断续续地讲述,我了解到:自从他们出车祸后,谁都认为即将成为社会和政府负担的宋勇,会更加沉沦下去。没想到,令人们意外的是,宋勇竟然清醒了,他突然认识到了人生的重要和妻子的重要。面对可能会永远沉睡下去的妻子，宋勇流着眼泪对她说，他一定要治好她的病。他们原本有一个美好的家庭，是他没有珍惜，现在哪怕她真的要跟他离婚，他也要先将她的病治好后再离。虽然她听不到他的话，他也要这么做，他想，他已经够对不起她的了，他一定帮她实现这最后一个愿望，那就是两个人手牵着手地去离婚。

可是，生活是艰难的，现实是残酷的。肇事司机只赔了一半的医药费，因为是他们在去离婚的路上不停地争吵扭打，并违反了交通规则，所以要承担一半责任。那点赔款根本就不够给两人治病。宋勇便卖了房子，在老城区租了一间不足二十平方米的廉价房。也许是“知耻而后勇”那句老话起了作用吧，宋勇居然开始了自己的另一种人生。宋勇将所卖房款的一半用来给两人治病，一半用来谋求发展。刚开始，由于不适应单腿拄拐走路，宋勇常常摔得头破血流，好几次在将邬芳抱下床洗澡的时候，两人一起摔倒在地，好半天也爬不起来。

接替邬芳在农贸市场继续卖菜是不可能的了，因为他要照顾邬芳，根本抽不出时间去进菜卖菜。他也想过开一家饭店，只是，谁会进一家由这样两个人组成的饭店呢，何况开饭店也需要较高的成本。由于医生说，只有坚持给病人按摩和针灸，他妻子才有可能苏醒过来，于是每次医生在给邬芳按摩针灸的时候，他便站在一边看。时间长了，宋勇竟然也能按照医生的方法给邬芳按摩针灸。加上他不断地看书和向医生们请教，他居然成了一个按摩针灸能手。宋勇想，不如自己就开一家针灸按摩院吧，妻子就是他的病人，如果将妻子治好了，那便是他最好的广告。奇迹在五年后的一天出现了，妻子在宋勇的深情呼唤下真的醒了过来。

宋勇在讲这些的时候，邬芳一直紧紧地靠在丈夫的身边不停地抹眼泪。当宋勇讲到，他要牵着妻子的手去离婚的时候，邬芳哭出了声音。邬芳说：“不，我是不会跟你离婚的，除非你变成了当初那个四肢发达、整天赌博、不务正业的你！”宋勇说：“是太多的苦难成就了我，如果当初妻子在那场车祸中死去了，如果不是因为要照顾妻子，也许我早就不在人世了，是这一份沉甸甸的责任，让我有了生活下去的勇气。”

现在，宋勇的针灸按摩院已经取得了资格证，并经过国家允许挂牌营业五年时间了，并且因为有了妻子的活招牌，生意一直很好。

突然想起一句话：人生是一根独木桥，负重则是顺利通过的唯一方法。

点评

面对风暴，负重的船只危险系数要小，空船则更易被打翻。负重其实是一种责任，一种担当，有责任、有担当的人，更能战胜人生的困难。

贱卖的生意

有一个成功的商人，因为父亲患有轻度智障，从小就对他疏于管教，对此，商人一直耿耿于怀。商人的父亲不但没能给他提供一个较好的成长环境，而且对于儿子的前途也没抱任何希望。

小时候上学，如果遇上下雨天，他连双雨鞋、一把雨伞也没有，午餐也就是一个馒头，连咸菜都买不起，学费总是一拖再拖，拖得老师都发火了，父亲也不给交清。就这样，商人勉强读了个初中，就再也没钱上学了。商人想，如果不是他自己去努力追求，他就是去街头流浪，也没人会管他的。

商人决定不再让儿子走自己的老路，他要给儿子一个富裕、舒适的生长环境，还要指导儿子怎样去追求成功，决不让儿子再走自己曾经走过的弯路。上学的时候，他不但让儿子吃好、穿暖，而且总是亲自开车接送。由于他没读过多少书，便请了个家教，专门辅导儿子的家庭作业。

可是，不管商人怎样用心，儿子的成绩依然糟糕透了。在复读了三次，依然没考上大学后，商人决定让儿子跟着自己学习经商。很显然，儿子也不具备经商的才能。因为商人的两个店面，接连被儿子弄得关门倒闭了。商人茫然了，难道自己给孩子的、教孩子的，还不够多吗？为什么孩子却成不了器呢？

也许是思虑过度，也许是遗传因素，突然有一天，商人也成了一名智障患者。更让儿子伤心的是，商人竟然糊里糊涂地将生意全卖给了别人。儿子不但没了经济来源，而且一家人的生活重担，也全压在了他的身上。

从没吃过苦的儿子，在苦撑苦熬了一段时间之后，决定破罐子破摔，干脆不管了。他的商人父亲，对此也没有任何言语。儿子抱着父亲哭了，如果不是因为他患了病，看到儿子这个样子，他一定会管的。为了一家人能够继续生活下去，儿子又咬牙接过了重担。这副重担一挑就是十年，儿子从最初给人打工，到后来自己当老板，竟然一步一步地又将父亲当年的生意做了起来。

一天，当儿子坐在宽敞的办公室里那张宽大的老板椅上的时候，不由得自言自语地说："如果不是因为父亲患病了，我何至于吃这么多苦啊！"

"不，孩子，如果我没有患病，你吃的苦可能更多呢！"儿子突然听到父亲的声音在自己身后响起，"正是为了你能成才，我才装病，并将生意贱卖的。我知道，如果我不这样做，你将会一事无成啊！"

儿子突然泪流满面，不知是因为委屈、高兴，或者是因为难过、欣慰。商人边给儿子抹眼泪，边说："一个人，不管别人怎么去引导、甚至是逼迫，如果他不愿意，都是很难成功的。但是，如果一个人主动地去追求，哪怕前面荆棘密布，他也会披荆斩棘地达到成功的顶点。"

点评

俗话说，穷人的孩子早当家。很多时候，穷养的孩子比富养的孩子要有担当得多。就算家境非常优越，也要适当"制造"出一个贫穷的环境来穷养孩子。因为，让孩子养成有担当的责任心，比给他留下巨大财富要重要得多。

身在深山无柴烧

记者问一位作家，怎样才能成为一位作家时，作家说：一、要多读。读书破万卷，下笔如有神。二、要多写。行动是最好的老师。三、要多跑。行万里路，胜读万卷书。

作家的话被他儿时的玩伴们听到了，一个玩伴说，要说读书，我那时的条件多好啊。我妈就是图书馆的管理员，我可以说是在图书馆里长大的，为什么我就成不了作家呢？

另一个玩伴说，要说多写，我的条件也不错。我家里的纸笔堆积如山，家里还给我买了笔记本电脑。而且时间也很充裕，家里基本不用我做家务，可是，我为什么就成不了作家呢？

还一个玩伴说，要说多跑，可以说没人有我的条件好。我爸是旅行社的社长，经常带我全世界旅游。可是，我为什么就没成为作家呢？

随后，记者又问作家是如何做到多读、多写、多跑的。作家陷入了沉思。良久，作家才说，说实在的，要说多读、多写、多跑这三条，我都不具备条件。因为家庭环境不好，我没钱买书读，于是，我只得四处找人借。借的书毕竟有限，我便去书店蹭书看。有时候站得久了，腿麻是小事，最怕的就是书店老板的骂声。但，为了看书，还是得忍着被骂的结果去蹭书看，每天一小会儿，一年下来，我居然能读完十几本名著。

再说多写。其实我也没多少条件，只要有点空闲，不是要帮父亲干活，就是要帮母亲做家务。但，就是再忙，我也能抽出时间写作。比如，上厕所的时候，我的脑子依然能思考，双手也能写。时间久了，就能写出不少东西。

还有跑，我也没多少条件。每次，父亲去外面收破烂的时候，我都要求跟着，并极力说服父亲，不要走重复的路，还认真地将路上的见闻记下来。后来，我长大了，依然没多少条件去多跑，于是，我就骑自行车去周游世界。

有一则这样的故事:说的是两户人家,一家住在深山,一家住在山外。深山那户人家总觉得自家不愁柴烧,因为山里柴多,离家又近,随时都能从山上砍些来烧,结果一个秋天,一根柴也没砍。而山外那家却觉得,既然家离山远,就得早早地准备柴火,于是,一个秋天下来,柴火便堆满了院子。冬天说来就来了,大雪一下就是半个月,山外的人家一边烤火,一边赏雪。山里的人家却望着满山的柴火发起了愁,尽管柴火就在眼前,却无法取来烤火。

最后,作家说,尽管成为作家的条件是多读、多写、多跑,但还有一点最重要,那就是拥有梦想。拥有梦想胜过拥有条件。只要拥有了梦想,哪怕条件再差,也会努力地去做。反之,如果没有梦想,就是再好的条件,也会白白地浪费掉。

点评

能轻易得到的东西,就不会太在乎,反而因其近而疏远了。越是不易获得的,哪怕再远,也要想尽办法地去争取,这样反倒早早地得到了。

选　　择

在大学生即将毕业的一堂课上，教授随手从自己的口袋里拿出一个钱包和一个笔记本，并高高举起后问："同学们，现在我想向即将走向社会的你们出一道测试题，这道题对你们今后的择业可能会有帮助。我这里有两样东西，一个是钱包，一个是笔记本。请你们选择一样东西。"同学们不约而同地举手要钱包。谁不希望自己今后能够找家经济效益好的公司啊！

教授一连问了几声，还是没一个人选择笔记本。于是，他慢慢地打开了钱包，里面空无一物。他再翻开笔记本，里面夹着一张张百元大钞。教授的举动在同学们中"哗"的一声炸开了锅。就在大家吵个不休的时候，教授又拿出两样东西，还是一个钱包和一个笔记本。教授说："如果觉得自己选错了的，还可以再选择一次。"

这次大家都没有急着选择，而是在两样东西中犹豫不决。大家想，教授肯定不会再次将钱夹在笔记本里，也许这次选择钱包才是正确的。几分钟的沉默后，有一部分人举手选择了钱包，另一部分人也跟着选择了钱包。还是没有一个人选择笔记本。教授慢慢地打开了钱包，钱包里什么也没有。而笔记本里仍然夹着一张张百元大钞。同学们中再次"哗"的一声炸了锅，显然，大家都后悔没有选择笔记本。就在大家后悔不迭的时候，教授再次从口袋里拿出两样东西，仍然一个钱包，一个笔记本。教授说："如果都觉得自己又选择错了，我还可以给大家一次机会。"

可是，这次却没有人敢选择了，因为这是第三次，也可能是最后一次，如果这次再选错了呢？面对教授的催促，大家不得不进行了艰难的选择，有一个人小心翼翼地举起了手，他觉得自己还是应该选择钱包，因为他不相信教授还会将钱放在笔记本里。于是有不少人也跟着举手选择了钱包，最后，那些犹豫不决的人也选择了钱包。还是没有一个人选择笔记本。教授再次打开钱包，空的，又打开笔记本,里面是一张张的百元大钞。这次,大家没有“哗”的一声炸锅了,而是目瞪口呆地望着教授。教授说:“其实我从头到尾就只有一个钱包和一个笔记本,而这个钱包自始至终都是空的,那个笔记本里则一直夹着那些百元大钞。”

教授没有立即发表自己的意见,而是接着讲了一个故事。有一个野生动物学家在对一群狒狒的测试结果,与这次的测试结果极为相似。野生动物学家用一块很像豹子皮的花布做了一只假豹子,假豹子里塞满了玉米,然后用一块绿色的布包住。当进入狒狒群后,再将绿色的布掀开,当狒狒们看到那只假豹子时,都惊恐地尖叫着四处逃开了。这样测试了几次后,尽管狒狒也知道那只豹子是假的,并且还吃过动物学家从假豹子里掏出来的玉米,但还是被吓得一次次远远地躲开。野生动物学家又将一根塑胶制成的假玉米棒丢进狒狒群,这时,狒狒们没有躲藏,而是蜂拥而上地抢夺起来。当得知是假玉米时,狒狒们还是舍不得丢掉,而是紧紧地抱在胸前。

最后,教授说,这就是惯性思维。人们和动物一样,都被这种惯性思维所左右。人们以为钱夹便是用来装钱的,笔记本是用来写字的,没人会想到它们也可以调过来用。狒狒们以为像豹子的花布便是豹子,像玉米的橡胶棒便能吃,它们也想不到像豹子的花布里会装有玉米。所以,我们在求职的时候,一定不要被公司表面的光鲜所迷惑,还要了解公司内部的软性环境和条件。最后,我要告诉大家的是,不管何时,选择笔记本比选择钱包都重要得多。因为笔记本里是你所学到的知识,只要有了知识,难道还怕没有财富吗?这时,在那些惭愧的学子们中间终于响起了热烈的掌声。

点评

人生的成功,不完全在于学识、技能,更多时需要选择。选择对了,便能获得事半功倍的效果,选择错了,就会南辕北辙,适得其反。

藏起举荐信应聘

王炽是晚清赫赫有名的巨商，他出生于云南弥勒县。少年时因为家贫，所以早早辍学，跟着别人做生意，几年下来，便攒下了不少财富，名气也渐渐大了起来。后来，因为遭到当地恶霸的欺负，他一气之下失手打死了恶霸，只得外逃。

当地一个名叫金崖的人，名望很高，他见王炽的境况不佳，便决定帮他一把，于是写了举荐信，推荐王炽去昆明富商席茂那里当掌柜。

当时，席茂经营的一个酒铺里正缺一名掌柜，本想贴个招聘启事，当收到金崖的信后，席茂便高兴地回信应允，所以就不打算再另招他人了，在家专等王炽的到来。王炽却想，如果我拿着金崖的信，就这么去席茂的酒铺里上任，那席茂也不知道我的能耐呀，为了不让席茂小看自己，王炽决定先将举荐信收起来。

名人的地方总是好找，王炽一打听便找到了席茂的酒铺，王炽发现酒铺里坐了一个中年男人。王炽想，那人可能就是席茂了，因为不敢肯定，所以王炽一去，便直呼席老板。席茂以为是来买酒的，便迎了上来。可王炽却说自己是来应聘的，并且还是应聘掌柜一职。

席茂的心里一动，问："你怎么知道我这里差一名掌柜？"王炽对答如流，说："哪有老板亲自坐在酒铺里的，这可是掌柜的活呀，我一见老板亲自坐镇，便知道您这里缺少一名得力的掌柜。"

席茂一见这人虽然年纪不大，却口齿伶俐，头脑灵活，便有些动心。可是，一想到好友金崖已经给他举荐了一位，便摇了摇头说："不错，我这里确实缺少一名掌柜，但因为好友金崖的举荐，新掌柜这几天就要来上任了。"王炽说："那人既然还没上任，其他人便有机会竞争，老板何不让我们竞争一下？"

席茂还是连连摇头，说："不行，不行，我既然已经答应了人家，怎么能出尔反尔呢？"见王炽还是站在那里不想走，席茂便催促道："你还是走吧，在这里站得久了，还会影响我的生意。"

这时，一位顾客前来买酒。那是一个年长的男人，一进门便问有没有菜花蛇酒。席茂觉得好笑，哪有卖菜花蛇酒的？于是，有点不耐烦地说：“没有。”因为菜花蛇不是毒蛇，而越是毒蛇，浸泡的蛇酒质量越好，所以既没人用无毒的菜花蛇浸酒，也没人买菜花蛇浸的酒。

那人正要离去。站在一边的王炽赶紧迎了上去，说：“这位客官，能否告诉我，您买菜花蛇酒的用途吗？”那人看了王炽一眼，犹豫着说：“我患有风湿，所以想买点蛇酒喝。”王炽说：“既然是治风湿，可以买眼镜蛇酒，也可以买响尾酒呀，为什么一定要买菜花蛇酒呢？”那人不好意思地说：“我是一个庄稼人，只认识经常在庄稼地里出没的菜花蛇，不认识其他蛇，所以便说了样菜花蛇酒。”最终，那人买了王炽推荐的眼镜蛇酒，高高兴兴地走了。

席茂将这一切全看在了眼里，他觉得自己如果错过了这么好的一位掌柜，实在是太可惜了，等买酒的顾客一走，席茂便迫不及待地拉着王炽的手，说：“我已经下定决心了，就算是得罪了金崖，也要将你留下来当我的掌柜！”这时，王炽才笑着将金崖的举荐信拿了出来。

席茂这个高兴呀，就别提了。就这样，王炽让老板将自己给“招聘”了进来。后来，由于王炽的经商才能得到了良好的发挥，席茂的酒铺生意一天比一天红火，最后席茂让王炽以智慧入股，两人合伙开了间更大的酒铺。

再后来，王炽成了与胡雪岩齐名的“红顶商人”。英国《泰晤士报》曾对百年来世界最富有的人进行统计，排在第四位的便是王炽。而且，他是唯一一名榜上有名的中国人。

点评

有才能，还得有智谋。这个世界上不缺少有才能的人，但却缺少有智谋的人。有才能、无智谋的人，才能就得不到发挥，只有才能与智谋并用，才能迅速获得成功。

最好的报复

家具公司巨头约翰,被同行凯利以非正常的手段打败,宣告破产。约翰只得开了家小作坊苦度岁月,由一个拥资上亿美元的商业巨头变成了一个落魄的街边作坊小老板。约翰没有怨天尤人,而是潜心经营,只待有机会东山再起。

令约翰没有想到的是,十年后,那个曾经以卑鄙的方式打败了自己的凯利,却在一场突然而至的金融风暴的侵袭中破产了,凯利也变成了一个穷光蛋。凯利决定重新开公司,可是,他是个破了产的人,又去哪里弄来那笔启动资金呢?他想,只能像刚开始创业时一样,待积累了一定的原始资金后才能将公司开起来。于是,他决定先找份工作。工作并不好找,就在他感到绝望之时,竟然遇到了约翰。约翰现在的公司已经初具规模了。

真是冤家路窄。就在凯利想转身离去时,约翰将他叫住了:“凯利先生,很高兴你来我这里应聘,如果你愿意的话,我可以聘任你为本公司职员。”凯利以为自己听错了:“这是真的吗?约翰先生,您真的愿意聘用一个曾经伤害过您的人?”约翰说:“在我的眼里,你现在只是一个需要一份工作的人,对吗?而我现在正好需要一个职员。”凯利还想说什么,但他又不知道应该怎么说,于是他犹豫着说:“我只能跟你签半年的合同,因为我还要将自己的公司重新开起来呢!”

十多年后的今天,凯利依然在给约翰打工。约翰再次成了一名商业巨头,而一直在他手下打工的凯利也得到了不少实惠。有一天,生活无忧、工作安定的凯利,突然问自己的老板约翰:“约翰先生,我想不明白,当年我用了很不光彩的手段来对付你,使你的公司破产。你不但没有报复我,还帮助了我,让我过上了今天的好日子。您能够告诉我,这是为什么吗?”

约翰笑了笑说:“我不但没有给你任何帮助,还给了你极大的报复!我让你在我这里工作,但却不让你参与我公司的任何决策,也没有什么具体的事务需要你来处理。我每天让你看报喝茶,这十多年来,你养尊处优,失去了开创自己事

业的渴望,这就是我对你最好的报复!”

点评

最让人崩溃的,不是对手强力的打压,而是对手的“糖衣炮弹”。强力打压,人们都会奋起反抗,面对糖衣炮弹,倒是束手无策了。此时,保持清醒的头脑,才是唯一不被打垮的良方。

蜘蛛侠的地图

喜欢冒险的汉斯决定去玛丽姨妈家，攀爬她家山后那座神秘的大山。姨父阿梅斯说："真不巧，这几天我很忙，因为我的族人还等着我开会呢。还是等我有时间了再带你去吧，如果没人领着，你很可能会迷路的。"

汉斯说："怕什么，万一迷路了，我就用手机打你的电话，向你求救。"阿梅斯姨父笑着说："那好吧，希望你不会迷路，这样我也不会耽误族人开会的时间。"姨父是族长，主持族人开会是他们族里的头等大事。汉斯真不希望去打扰他，于是汉斯自信地说："不会的，我相信自己一定能够安全返回。"

汉斯终于一个人出发了。一路上都很顺利，就在快接近山顶时，突然狂风大作。姨父说过，必须等大风过去了才能继续行走，汉斯只得找了个避风的地方，拿出睡袋躲了进去。一个小时后，汉斯从睡袋里爬出来，眼前竟然没有路了。

汉斯在原地转了一圈，所有的地方都是那么眼熟，那些路看起来四通八达，又好像不是路，怎么办？汉斯决定给姨父打电话求救，可是，除了那个睡袋，汉斯的身边竟然什么也没有了。一定是刚才那阵大风将汉斯的行李给刮走了。

就在汉斯快要绝望的时候，突然从睡袋里发现了一张地图。莫非是姨父有意放进去的？汉斯顿时来了精神，循着地图的指引顺利找到了回家的路。

一踏进家门，正好赶上姨父散会回家。汉斯高兴地对姨父说："今天多亏了你的地图，要不我还真是回不了家。我的行李包括手机都给风刮跑了。"

姨父奇怪地问："地图，你哪里来的地图？"汉斯说："是你放进我的睡袋里的呀。"姨父拿着那张地图，突然哈哈大笑了起来："这哪是什么地图啊，这是你四岁的琳达表妹画的超级蜘蛛侠，你看，这些线条不都是蜘蛛的长腿吗？"

汉斯惊奇地说："可是，我真的是拿这张'地图'找到下山的路的呀。"

姨父说："你能够成功地下山，不是这张地图的功劳，而是你自己行动的结果。遇到困难，只要不消极等待，而是主动寻找解决问题的方法，就永远不会迷路！要知道，人生的路上是没有地图的。”

点评

人生路上没有地图。每个人所走的路都是不一样的，没有人能够给你提供一张人生的地图。所以，走好人生路，只能靠自己。

第五辑　一声虎吼的力量

在学习和工作中，很多人喜欢谦虚，即使自己有某方面的才华，也常常隐而不露，说自己不行。但在这个竞争的时代，人才济济，如果你这样谦虚，常常会失去被别人了解和重用的机会，所以要获得别人的欣赏和重用，有时候并不仅仅因为有才华，而更多地在于你怎么推销自己。亮出自己的超人才华，是高明的一招，千万不要等待“伯乐”的降临。

老　拐

因为左腿有些残疾,有人便叫他老拐,老拐的脾性好,从不计较。人们叫惯了老拐,倒把真名给忘了。

老拐下岗后听人说擦皮鞋能赚钱,便摆了个擦皮鞋的摊儿。老拐的摊儿就摆在市新建的购物中心门口。新开张的购物中心人来人往热闹非凡,老拐的生意也很火爆。老拐将残疾的左腿单跪在地,长长的布带如腾龙走蛇般在两手间游荡,很快一双皮鞋便照亮了客人的脸。老拐喜欢看那些被自己的汗水浇灌绽放的满脸笑容。老拐弯腰弓背擦鞋的姿势常令人想起耕耘在泥水里的老黄牛,亲切、朴实、憨厚勤劳得让人心酸。老拐服务周到、收费低,很多人过意不去硬是要多掏一些小费给老拐,老拐便越发将鞋擦得认真仔细。

年轻的购物中心经理看见了老拐,说:“去去去,别在这里摆摊,影响了市容的整洁。”老拐不吭声默默地将摊儿挪远了一点,但并不走,依然在不远处将摊儿摆定,单腿跪在地上忙活起生意来。

当经理再次见到老拐时就火了,经理倒竖着剑眉说:“你这个又拐又脏的擦鞋佬,这样的形象也不怕影响了我的生意,如果再不快走我立即打电话去派出所叫人将你抓去坐班房!”说着就要在手机上按号码。老拐就又挪远一点,当经理一走他又放下摊儿忙活起来。

一个阴天的下午。购物中心突然人声大哗,几声尖利的叫声刺开混乱的人群,一个手持牛耳尖刀满脸凶煞的大汉自人群中冲了出来,身后拖了一串猛烈的追喊声。当大汉逃经擦鞋摊时,人们都看见了那惊心动魄的一幕。只见老拐如猛虎般一跃而起扑向大汉,老拐的双手紧紧地箍住了大汉的一只脚脖子。大汉的牛耳尖刀在老拐的身上扎出一个个鲜红的血窟窿。愤怒的鲜血溅了大汉一脸一身。

匪徒被制服时,老拐已躺在了血泊中。

年轻的经理匆匆地拨开人群抱起了染血的老拐，嘶哑着嗓门大吼："快送医院，快送医院！"

年老的医生见到老拐时一愣，很快似乎便明白了是怎么回事。他告诉经理，他曾为老拐医治过那条左腿，那是一次厂里遭窃时老拐与小偷搏斗，从楼梯间滚下去摔断的。后来企业濒临倒闭，老拐向厂里递交了下岗申请书……

当老拐的妻儿赶到时老拐已躺在了太平间。老拐的妻子颤抖着双手从老拐的贴身口袋掏出了一个沾血的小本，本上记载着：某年某月寄给某县某乡某村的失学儿童三百元整。某年七月寄给……

这时，年老的医生和年轻的经理已是泪流满面。

点评

生活就像一个顽皮的孩子，总是喜欢躲在某个角落跟人们捉迷藏。看似善良的人，不一定就是好人，而看似不起眼的人，也并非一无是处。所以，我们需要一双能分辨世界善恶的眼睛。

马厂长的牙痛

马厂长患牙痛多年了。吃了许多药，打了许多针，依然不见好转。拔掉又舍不得。俗话说，微肤毫发皆受之父母。马厂长对自己身体的爱惜是出了名的，平时哪怕是去公园散步都要叫司机用小车送上一程。因此马厂长便有了一个脂肪过剩、行动不便的身体。但这牙痛病任凭他怎样爱惜，怎样花重金买了一堆山似的进口药物，依然治不好。他正应验了电视广告中的一句话，牙痛不是病，疼起来真要命！

马厂长很清楚地记得，在一次召开班组生产会议时牙病发作的情景。正当他拿着漂亮的女秘书写的讲话稿不紧不慢地念台词时，牙齿就隐隐地痛了起来。后来直痛得马厂长冷汗直冒，嘴唇哆嗦不止。无奈只得中途退场，将会议交给女秘书主持。事后一想起那次牙痛的感觉马厂长还心有余悸。

近年来工厂的效益越来越差，也像牙病一样令马厂长有些把持不住了。经董事长要求，得开一个全厂员工大会，然后才决定是否继续注入资金。在董事长和几千员工面前可千万不能旧病复发呀！虽万事俱备，但马厂长仍在暗暗担心着自己那不争气的牙病会痛得不是时候。如果痛得不是时候，董事长就有可能撒手不管了，工厂就有可能被关闭；如果痛得不是时候，马厂长也会像所有工人一样将面临失业的危险；如果痛得不是时候，以后就再也喝不上洋酒抽不上名烟住不上大楼坐不上小车了；如果……马厂长不敢往下想了。

可这次果真又痛得不是时候！

就在马厂长挺胸阔步地走上了主席台，刚把一大叠讲话稿在桌上摊好时，马厂长的牙就在这节骨眼上又痛了起来。马厂长一惊，糟了，怎么办？总不能当着董事长的面又让女秘书顶替吧？为了保住头顶上的乌纱帽和乌纱帽后面的一串利益，马厂长第一次违背了爱惜身体的意愿。他不能在这关键时刻毁了自己的大好前程。他只有豁出去了。于是，马厂长艰难地晃了晃肥大的脑袋，皱了皱眉，便开始讲了起来。

马厂长将平时要用三句话才能讲清楚的话概括成一句说了。平时讲话中常带的那些嗯、唔、嘛等语气助词也一刀切掉了。甚至平时每讲十来句话就要喝上一口茶的习惯也戒掉了。原定两个小时的会议，实际上只用了半个小时就结束了。马厂长甚至连讲话稿都来不及看上一眼，有生以来第一次这样惜话如金，惜时如金。

马厂长惊讶地发现，员工们自始至终都在认真地倾听着自己的讲话。以前那些打瞌睡的、小声议论的、咳嗽的，甚至搞小动作的全都没有了。而且全厂人都被马厂长简洁明了的发言所吸引，掌声一阵盖过一阵，员工们竟爆发了空前的热情。马厂长也似乎被员工们的热情所感染，因注意力的转移，牙齿的疼痛感在不知不觉中消失了。

这次会议同时也博得了董事长的赞许。

从此，马厂长竟一改平日迟缓拖拉的工作习惯，变得快捷简洁多了，办事效率加快了，经济效益也明显提高了。马厂长因整天为公事繁忙，也顾不上抽烟喝酒剔牙了。

马厂长痛了多年的牙竟奇迹般地好了。

点评

这是一篇讽刺小说。其实，生活中做事习惯拖拉的人不在少数，正是这种拖拉的工作习惯，影响了工作效率。普通工人、职员，会影响本职工作、个人前途，当领导者影响就更大了。只有痛改不良习惯，才能提升工作效率，推动社会发展。

捡破烂的干瘦老头

捡破烂的干瘦老头为了躲避这场大雨,只好匆忙挑起货篓来到酒店的屋檐下,那是某总经理常出入的酒店。

老头将篾篓货担轻轻地放在酒店一侧的台阶上,然后,他便将轻飘飘皮包骨的身子挪在横跨于货篓的扁担上坐下。老头神情安详地从褴褛的衣衫口袋里掏出烟丝。金黄色的烟丝被一张薄薄的白纸轻轻地卷起。点燃,甜滋滋地吸。

他坐在盛满破烂的篾篓上耐心地等待着雨的停止。

就在这时,总经理在一位保安员的搀扶下歪歪斜斜地走出了酒店。总经理肥硕的大手正紧紧抓着一罐“生力”啤酒。他喷着酒气骂骂咧咧正要将肥胖的身子塞进一辆“奔驰”车准备离去,突然想起手里还握着一个易拉罐,于是他手一扬,便将那半罐液体扔在了酒店门口的马路上。

这一幕没有逃脱破烂的干瘦老头的一双并不干瘦的眼睛。就在易拉罐着地的同时,老头箭一般冲进了雨帘,伸出干枯的手捡起了易拉罐,嘟哝道:“怎么能随便乱扔垃圾呢?”

却说坐在轿车里喝得烂醉的总经理,他没有听见雨声却清晰地听到了这声嘟哝。他充满血丝的眼睛狠狠地瞪着干瘦老头。老头用力摇了摇易拉罐,易拉罐发出咚咚的响声:“还有半罐啤酒呢,这不是浪费吗?要知道还有多少人没有饭吃没有书读啊!”

总经理瞪着一双充血的眼睛,那只戴满了钻戒的肥硕的手在空中晃了晃:“浪费了又怎么了的?老子有的是钱!”总经理如一头负伤的野猪冲保安员咆哮着,“马上给我将这个脏老头赶走!”

保安犹豫了一下,小心翼翼地征询着总经理的意见:“外面下这么大的雨,这老头可怜的……”

“你一定要让他立即滚,不然我马上让老板炒你的鱿鱼!”总经理如一头发怒的公狼冲保安员吼道。

“可是……”保安员依然执着地解释着，脸上隐隐浮现出一种反抗的力量，“这老头我认识的，他在这条街上捡了五年破烂，这条街道之所以这样清洁完全是因为他的那双脏手，他自己无儿无女，但他已经供了三个孤儿上大学……”

总经理一怔，酒似乎已醒了大半。

点评

两个性格各异的人，两种鲜明的对比。一种有地位，但缺乏爱心，一种生活在社会底层，但却心存善心。这种鲜明的对比，能让读者心里产生极大的震撼。

富人为何愿与穷人为邻

有人评选出了美国富翁的十大理想居住地，它们分别是：阿斯潘、棕榈滩、圣·弗朗西斯科、圣塔巴巴拉、纽约、拉斯维加斯、圣·琼斯、迈阿密、圣地亚哥、丹佛。这些城市都是以优美的风景、豪华住宅、高级餐厅和许多奢侈品来吸引富翁们的眼球的。

令人不解的是，在这十大居住地之中，排名第一的阿斯潘各方面的条件都不比其他九大居住地好，为什么它偏偏得了第一名呢？这里面有一个有趣的故事。

因为富人们从来不缺钱，所以他们购物的时候永远不用担心物品价格过高，不但如此，他们还可以随心所欲地选择自己喜欢的居住地。在评选理想居住地之前，这些城市都使出了浑身解数，在各方面来加以改造，这其中不但包括了衣、食、住、行，还包括了环保和文化建设。可是，在改造之前，住得好好的富翁们突然提出，要从这九大居住地撤出去，并一致决定去阿斯潘定居。

富人们为何都要求去阿斯潘？另外九座城市纷纷对此展开了调查，结果是一致的：因为没有穷人。原来这九座城市，为了吸引更多的富人，也为了得到最理想居住地的称号，将当地所有的穷人，特别是乞讨者都赶了出去。

难道富人们都不喜欢跟富人住在一起，而喜欢跟穷人住在一起？

富人们提出的意见是：这么好的地方，为什么没有发展慈善事业？

这时，其他九座城市才明白过来，美国富人都热衷于慈善事业，将当地的穷人都赶走了，富人怎么发展慈善事业呢？可是，已经赶走的穷人都去了阿斯潘，再也没人愿意回来了。九座城市的领导者都慌了，最终出高价请回了一些穷人。但穷人们的数量还是不及阿斯潘。于是，富人们一致认定，阿斯潘应该排在美国富翁十大理想居住地之首。

事后，有好事的记者问阿斯潘的领导者：当初在其他九座城市纷纷将穷人和乞讨者赶出境内的时候，贵处为何不但不赶走他们，反而收留他们呢？难道你们早就想到了这些富人们需要慈善事业？

阿斯潘的领导者说：当时我们没有想那么多，我们只知道，如果一座城市里居住的全都是富人而没有穷人的话，那富人们的优越感不就没有了？如果居住在这里的富人们一点优越感都没有，那么富人们还会来这里定居吗？

点评

富人与富人住在一起，自然就没有了优越感，只有与穷人为邻，才能时时处处彰显自己的优越。这是一种病态社会产生出的病态心理。

羚羊为何喜欢跳跃

我喜欢动物,不仅是小范围我们常见的猫狗鸡鸭,还有虎豹鹿熊,可是这些是我们一般不易见到的动物,于是我经常往动物园跑,但动物园里的动物毕竟有限,于是便看动物世界,或者看关于动物的书籍。

虽然不能与动物面对面“交流”,但能从电视上、书本里看到诸多动物狂欢的场面,也很开怀。狮的勇猛,虎的威严,熊的可爱……特别是那些弱者,比如羚羊,我更是怜爱有加。羚羊的天敌主要是狮、豹,每每从电视里看到那些弱小的羚羊被狮、豹捕获,心里便不是滋味。

一次偶然的机会,我从一本书上读到了对羚羊的介绍,才明白,羊绝不是弱者。特别是一种生活在印度北部的藏原羚,更是异常强壮。藏原羚对环境的适应性,也是很多动物无法相比的,比如藏原羚能在高原荒漠和半荒漠生存,特别是在极其缺氧的情况下生存,无论是听觉还是视觉都极好,甚至在几千米外便能感觉到天敌的存在。

更令人惊讶的是,藏原羚能在几秒钟之内达到每小时 80 千米的速度,并且能一连跑上几个小时。而狮子最快的时速却不足 70 千米,就是号称奔跑之王的豹,最高时速也才 80 千米,而且最多只能跑半个小时,就累趴下了。

按照这些条件,藏原羚应该是没有天敌的,因为没有哪种动物能奈何得了它。可是,现实生活中,藏原羚却常常成了狮、豹,甚至是豺的美食。经过动物学家长期跟踪调查,发现藏原羚在面对天敌追赶时,喜欢不定时地向上跳跃。藏原羚每向上跳跃一次,就会消耗掉大量体力,并且奔跑的速度会消减许多。原来,藏原羚是在向天敌展示自己的“实力”,意思是,你看,我不但能跑,还能跳得这么高,你想追上我,那是不可能的。就在这时,天敌出其不意,一下将藏原羚扑倒在地。科学家们做过这样的假设:如果藏原羚在遇到天敌时,只管奔跑,而不跳跃,那么很快就会将天敌甩掉。

藏原羚明知跳跃会给它带来巨大的危险,为何还要边跑边跳跃呢?其实,在大多数情况下,天敌看到藏原羚在不断地跳跃时,会被它的实力吓退而放弃追赶,只有少数天敌在明知追不上猎物时,依然穷追不舍,最终获得了胜利。藏原羚也许是想通过展示实力,让天敌主动放弃对自己的追赶。但科学家最近又有了新的发现,藏原羚其实也有着和人类一样的弱点,那就是炫耀。我们常会看到,不少人因炫钱、炫房、炫车等炫耀行为而招致灾祸,但却依然有人前仆后继地在向他人炫耀。

点评

不但动物有这个弱点,人也有。我们经常能在网上、电视上看到某人因炫钱、炫房、炫车等炫耀行为而招致灾祸,但却依然有不少人忍不住要炫耀。这是一种病态的心理在作祟,这种心理还有很大的传染性,一旦扩散,就如瘟疫般漫延,只有树立正确的人生观、社会观,才能从根本上医治这种“病症”。

是谁毁了新西兰椋鸟

很多年以前,新西兰椋鸟是以虫子为食的,后来被毛利族人作为神圣的象征,便改为食用甘薯、芋头以及鱼虾等做成的一种粘粑。那是毛利人最爱吃的食物,他们认为,既然新西兰椋鸟是如此神圣,就应该将自己最喜欢吃的食物给它吃。

新西兰椋鸟是新西兰特有的一种鸟。生活在新西兰北部岛屿茂密的森林里,常常发出啾啾的叫声,身长约0.5米,长长的尾端是白色的,身上有黑白的花纹。嘴跟啄木鸟一样,主要靠啄去树皮寻找缝中的小虫为生。自从改吃了毛利人的粘粑,新西兰椋鸟再也不待在森林里吃虫子了,而是居住在毛利人的居所附近,每天等待毛利人来投放食物。所有的毛利人都是主动向新西兰椋鸟提供食物的,他们认为,向新西兰椋鸟提供食物是一种很荣幸的事情。

只是,每当毛利人要进行拜祭仪式的时候,族中的长老就会杀一只新西兰椋鸟来祭奠神灵。1835年,传教士威廉从欧洲进入新西兰,他坚决反对毛利人用新西兰椋鸟来祭奠神灵。他认为,既然新西兰椋鸟是神圣的象征,就不应该捕杀它们来祭奠神灵。

在威廉的游说和影响下,花了整整七十年时间,也就是1905年,毛利人终于明白了捕杀新西兰椋鸟的坏处。不管是从神圣的象征还是从生态平衡的角度来看,保护好新西兰椋鸟都是人类不可推卸的职责。

因为毛利人再也不会用新西兰椋鸟来祭奠神灵,所以也没人主动向它们提供粘粑了。多年来,尽管每年都有不少新西兰椋鸟因为祭奠的需要而遭受宰杀,可是新西兰椋鸟的数量依然有增无减。可是,自从毛利人不再用新西兰椋鸟来祭奠神灵后,仅仅过去了两年时间,也就是1907年12月28日,最后一只新西兰椋鸟因饥饿而死,从此,新西兰椋鸟灭绝了。

究竟是谁毁灭了新西兰椋鸟?是毛利人还是传教士威廉?两派人痛心的同

时，又互相指责了多年，可是，依然没有得出一个结果。最近，有科学家指出，毁灭新西兰椋鸟的，不是毛利人，也不是传教士威廉，而是新西兰椋鸟与生俱来的惰性！

点评

椋鸟不愿改变原有的生活习性，就只有死路一条。人类也是一样，如果固守陈旧的教条，社会就会退步，时代之车就会倒退。只有不断更新思想，更新观念，社会才能稳步发展，人类才能不断进步。

将空气卖给石油大王

一艘装载着可可豆的货船,由古巴首都哈瓦那驶往西班牙的巴塞罗那。途经美国海域时,遇上事故而搁浅在棕榈滩岛的岸边。货主的名字叫亨利·弗雷格勒,那船货物是他的全部家当。可可豆因被海水浸湿,全部报废。亨利回到美国后,只能申请破产。对于做了大半辈子生意,经历过无数次失败打击的亨利来说,这次是最惨重的一次。

万般无奈,亨利只好上了棕榈滩岛。这一上岛不要紧,亨利顿觉神清气爽。原来,这里风景优美,树木茂盛,氧气含量比其他地方要高出很多。如果将这里的空气卖给美国那些富人,他不是可以东山再起了吗?

他先请人对空气做了检测,然后买地。由于棕榈滩岛地处偏僻,地价便宜得令人不敢相信。亨利以每平方英尺两美元的价格,买下了 3 万平方英尺的地皮。棕榈滩岛的总面积为 4.4 万平方英尺,凡能开发的地皮全部被他买走了。

下一步就是如何将这些地卖出了。亨利找到石油大王洛克菲勒。洛克菲勒听了,哈哈大笑地说:“我没有听错吧,你想将空气卖给我?而且价格还超过了我的石油?”亨利说:“没错。”

洛克菲勒说:“说说你的理由吧,只要你能够说服我,我就买你的空气。”亨利说:“我们都是生意人,都明白只有顾客觉得物有所值才肯花钱购买的道理。”洛克菲勒点了点头。

亨利接着说:“我请专家做了一份调查。结果显示,美国的纽约等大城市由于污染严重,空气里的含氧量还不足百分之十八,而人类维持健康生存的空气含氧量要达到百分之二十或以上水平。现在医院里的氧气价格是每升十美元。我发现有个好地方,那里的空气含氧量达到了百分之三十。您说那里的空气值不值钱?”

跟生命相比,金钱的价值就大大地降低了,石油大王何尝不懂得这个道理?

于是，洛克菲勒毫不犹豫地花五百美元一平方英尺的价格，从亨利手里买下了一块地皮。随后，亨利又将其他的地分别卖给了范德比尔特家族、卡耐基家族、梅隆家族以及后来的慕恩家族和贝克家族，因为只有这些富人才买得起如此昂贵的地。

棕榈滩岛是位于南佛罗里达迈阿密市以北六十五千米处的一个堰洲岛，西靠近岸内航道，东临大西洋。岛内的常住人口大约为一万人，旅游季节则有三万人左右。旅游旺季的时候，美国有四分之一的财富在这里流动。地价也一升再升，并且成了美国富人的聚集之地。

由于人口剧增，棕榈滩岛的生态环境遭到了破坏。有人给该地的空气做了检测，含氧量为百分之十六，比纽约等大城市还要低。然而，依然有人不断地向那里涌去。他们并不是冲着那里的空气，而是冲着那里的富人们去的，因为想像亨利那样去赚富人们的钱！

点评

世间万物都有规律可循，只有人心飘忽不定，难以揣测。如果人心简单了，社会就简单了，这个世界也就变得简单而美好了。

富兰克林公园的草

美国波士顿的富兰克林公园，是该地最大的公园。在建立公园的时候，激情四射的美国人都争相参与，公园占地面积的多少，应该有些什么建筑，设立哪些景点，都成了争论的焦点。最后，大家的意见终于渐渐统一了，并且公园也顺利建成了。可还有一样事情没有得到解决。那就是公园里大片的空地怎么办？总不能让那些泥土赤裸裸地露在游人的眼前吧。于是争论的焦点马上从其他事情上转到了公园的空地上。有人出主意，不如在空地上种花，这样一到春天，便会吸引很多美丽的蝴蝶飞来飞去，其景观一定很美。有人马上提出反对意见，花儿大都在春天开放，如果到了冬天那又该怎么办呢？也有人说，只能在所有的空地都摆上盆景。又有人提出意见，那盆景底下的泥土会不会被大雨冲走呢？还有人甚至出主意，在那些空地上按春夏秋冬不同的季节，种上各种蔬菜水果，这样既解决了水土流失问题，还可以为公园附近的居民提供食粮。这次反对者更多了，一个这么大的公园，居然被当成了菜园，真是不像话！由于争议太大，一时间还真是不知道应该采用哪个方案，于是这件事就被耽搁了下来。但热心的民众并不罢休，便有人在空地上种上了花，也有人从家里搬来了盆景，当然，那些出主意要在这里种菜的人也没闲着，他们在空地上撒下了种子。

一时间，真是百花齐放，好不热闹。可是，一到冬天，公园便慢慢地沉寂了下来。当花儿都枯萎了，蔬菜被人拔去吃了，盆景被大水冲走了，一切又都不存在了。就连人们争论得激情都没有了的时候，有人惊讶地发现，那片空地上竟然长出了一层密密的青草。那些青草很快便将整个公园的空地都占满了。最后，公园建设规划局决定，那些青草便是公园空地上的主人。

点评

不管赏识你的人有多么能干，如果你不能够干好自己的本职工作，还是一样要被淘汰。反过来，如果你能战胜一切像严冬一样的困难，哪怕你如小草一般渺小，在经历了无数风雨之后，最终定会走上成功的舞台。

一声虎吼的力量

美国著名音乐家鲍勃·达林,在十九岁的时候去斯蒂夫音乐俱乐部求职,遭到了现场数名音乐人的阻拦。理由是他们还从没见过身体这么虚弱的音乐人,不但气喘,走路似乎一阵风都能被吹倒。

鲍勃·达林生活在纽约最北区的布隆克斯,七岁时得了严重的风湿性心肌炎,医生预言他只能活到十五岁。但是他却坚强地挺了过来。

他的父亲遭遇车祸离去后,原本体弱多病的母亲也因过度忧郁而去世。由于多难的家境,穷困潦倒的他不得不去音乐俱乐部唱歌,以便利用所得微薄的收入来维持生活兼治病。可是,唱歌这碗饭不好吃,尽管他的音乐天赋极高,但每当主考人一看到他体弱多病的样子,便没心情对他面试了。

斯蒂夫音乐俱乐部,是鲍勃·达林在布隆克斯最后一个能去的地方。在此之前,他已经去过了许多地方,没有一个地方肯收留他。

走出斯蒂夫音乐俱乐部的大门时,鲍勃·达林很不甘心,他突然灵机一动,回过身来对着俱乐部大吼了一声。所有的音乐人都以为来了一只老虎,顿时整个音乐厅里一片混乱。当所有人都安静下来后,才发现那声虎吼竟然来自这个年仅十九岁的体弱少年——鲍勃·达林。

斯蒂夫音乐俱乐部的老板正好经过音乐厅,于是当场拍板留下了鲍勃·达林。原来,鲍勃·达林从小就爱好音乐,还喜欢去树林模仿各种动物的叫声,他学鸟叫时,便会引来很多鸟儿;他学虎吼时,便会吓走很多动物。一般情况下,他是不会学虎吼的,因为善良的他害怕虎的吼声吓着小动物。可是,在嘈杂的音乐大厅里,没有人听得到他的鸟鸣声,出于无奈,他只能用虎吼声来引起注意。

没想到,这一声虎吼为他带来了好运。他不但得到了老板的赞赏,也得到了许多乐迷的追捧。一年后,他成为音乐界一颗耀眼的新星。

点评

是金子,但还得努力发光,不然就会被沙子永远地埋没了。是人才,还得善于推销自己,不然,就找不到展示自己的舞台。

真金真的不怕火炼吗

俗话说:真金不怕火炼。其意思并不是说,火烧不化金子,而是金子被烧化之后,依然金光闪闪,不会变色,而且其氧化率也很低。如果是铜、铁等其他金属,被火烧化之后,不但颜色变了,而且质量也会减轻很多。另外,真金不怕火炼还比喻品质好、意志坚强的人,经得起任何考验。

其实,真金也有怕火炼的时候。比如,一个明代的金佛,经火烧化之后,其价值就会大大减少。哪怕经过高明的巧匠恢复了金佛的原貌,虽然其质量、形态,丝毫未变,那也不再是明代的金佛,而是现代人仿制的金佛了。而此时,金佛便只有金子本身的价值,而没有文物价值了。所以说,真金也不是在任何时候都不怕火炼的。

再说人。历史上能称得上“真金”的人不少,有的经住了火炼,但也有的经不住火炼。其中汉代大将刘濞,便是没有经住火炼的“真金”。说刘濞是真金,确实不为过。因为他是汉高祖刘邦的亲侄儿,不但屡建奇功,还对高祖忠心耿耿,深受高祖赏识。高祖封刘濞为吴王,他平安统治吴国四十多年,可是到了六十二岁高龄的刘濞,却突然反了。

可以说,刘濞的造反完全是被逼出来的,也就是说,刘濞这块“真金”,被火炼成了一块“废铁”。其实,刘濞是没有反心的,高祖时期不用说,到了汉文帝时期,刘濞依然是忠心耿耿的老臣。就算汉文帝的太子刘启,因为诏刘濞的儿子刘贤去下棋,因话不投机,失手打死了刘贤,刘濞虽然万分痛心,但也没有起过造反的念头。

可以说,刘启打死刘贤,就是对刘濞这块真金的一次火炼,这次他经受住了。可是,当刘启当政时,也就是当上汉景帝以后,他竟然发起了一场削藩运动。汉景帝这样说刘濞:“今削之亦反,不削亦反。削之,其反亟,祸小;不削,反迟,祸大。”汉景帝为何容不下一个年过六旬的三代老臣呢?他所谓的“反迟”,难道说再等个十年二十年，等刘濞到了垂暮之年，还能再起反心不成？可见，汉景帝依然怀疑刘濞不是“真金”。

刀架在脖子上了，反也是死，不反也是死。被逼无奈，汉景帝三年（公元前154年），吴王刘濞联络楚、赵等六个藩国向朝廷举兵造反，史称“吴楚七国之乱”，由于刘濞不是真心造反，所以很快被“镇压”，在这次火炼的过程中，刘濞付出了自己的生命。

在我们的现实生活中，因为深信“真金不怕火炼”，所以上司会经常用火来炼下属，朋友、夫妻、亲人之间也互相进行火炼，没想到，真金有时候也是害怕火炼的。

点评　真金虽然经得住火炼，但也怕火炼，虽然火炼不会使其变质，但却能使其变形。一个品质好的人，虽然经得住火炼，但也怕火炼，虽然火炼不会使其变心，但却能让他伤心。

宝贝的价值

收藏家罗伯特六十岁那年失去了老伴，同时也患上了老年痴呆症，记性不好，明明一件东西就在自己手里，却总要四处去找，可就是找不到。如果外出，他有时还找不到回家的路。只一件事情罗伯特记得清清楚楚，那就是他的古董和油画，那是他的宝贝，比命还要重要的宝贝。

罗伯特的儿女都在外地工作，很忙，几乎没有时间照顾他们的父亲。罗伯特的日常生活全靠一位叫丹尼尔的邻居小伙子照顾。为此，罗伯特的儿子和女儿曾经多次给他打电话，提醒父亲要注意丹尼尔："您想啊，一个没有一点血缘关系的人对您表现得那么亲近，对您照顾得无微不至，为的是什么？还不是为了您的钱？您可一定要收好您的那些宝贝，那些可都是值钱的东西，小心被别人给骗去了！"

罗伯特听了这话，只是点头说："是的，我知道，我还没有糊涂到那种程度，连自己的宝贝都看不好，你们放心吧。"

一晃数年过去了，罗伯特的老年痴呆症也更严重了，如果丹尼尔不提醒他应该吃饭，他便忘记了吃饭；如果丹尼尔不提醒他应该喝水了，那么他总是忘记了喝水；如果丹尼尔不提醒他应该睡觉了，他甚至通宵也不睡觉。为此，罗伯特的女儿和儿子就更加为他们的父亲担心了，他们劝告父亲说："您现在的情况确实不容乐观，可是越是这样，您就越要小心地看好您的宝贝。您是知道的，丹尼尔与您可没有任何关系，他之所以照顾您，完全是想得到您的那些宝贝，您可不能有任何闪失啊！"

罗伯特还是那句话："你们就放心吧，宝贝被我收藏得好好的，没有任何问题。虽然医生说我患的老年痴呆症越来越严重了，看起来好像也是这样，可是我心里明白着呢！不会有事的，你们就放心吧。"

十年后，罗伯特去世了。罗伯特的儿子和女儿赶回来为父亲送葬。可是，令罗伯特的儿子和女儿没有想到的是，罗伯特竟然将他所有的藏品全部赠给了邻居丹尼尔，他在遗嘱里写道："不管丹尼尔是不是为了我的宝贝才照顾我，就当他是吧，但是，那又怎么样呢？一个年轻人能够十年如一日地照顾一个风烛残年的老人，陪伴他度过每一个孤独的夜晚，难道不应该得到老人留下的所有宝贝吗？这些可不是所有亲生儿女都能够做到的啊！丹尼尔的行为价值已经远远超过了这些宝贝的价值，所以我决定将这些宝贝全部赠给丹尼尔，因为只有像丹尼尔这样的人才配拥有这些宝贝，也只有这样，这些宝贝才能够实现它们真正的价值！"

点评

善待老人，就是善待自己的未来。因为我们每个人都会老去，都希望老有所依。从现在开始吧，做一个善良的、有爱心的人，做一个尊老爱幼、有担当、有责任的人，将来你的孩子也会是一个这样的人。

困难是风

有一个叫克里斯的人，从小就立志要干一番事业，可是，不管他干什么，每次总是以失败告终。他曾经十分狂热地迷恋过模特T台，可是，当他满怀信心地参加模特应试时，没想到在第一轮应试中，便被无情地淘汰了。

接着，克里斯决心当一名歌手。于是，当一家经纪公司招聘歌手时，他毫不犹豫地报了名。可是，他刚刚唱了几句便被赶下了台。

既然与舞台无缘，克里斯觉得，还是干点技术活吧。他来到一家酒店，准备应聘厨师。可是，他刚刚按老板的要求做了一道菜，老板只是看了看，甚至连尝也没尝，就决定不用他了。

克里斯沮丧极了，他自言自语地说道："这个世界真的是太不公平了，为什么别人都能轻松成功，而我要想干点什么事，总会遇到这么多困难呢？"就在他准备转身离去时，酒店老板将他叫住了。酒店老板说："年轻人，你跟我来。"

克里斯以为酒店老板想录用自己，于是高兴地问："您是不是已经改变主意，决定聘用我了？"酒店老板摇了摇头说："不，我没有改变主意，至少现在我还不能录用你，但我可以送你一句话，这句话很可能比录用你更有帮助！"

克里斯不解地问："是句什么话？"酒店老板说："你跟我来就知道了！"酒店老板拿出一支点燃的蜡烛，对克里斯说："请将他吹灭。"克里斯只一口，便将蜡烛吹灭了。接着，克里斯被酒店老板带到了一个火炉边。酒店老板指着火炉说："你能将这炉火吹灭吗？"克里斯无论怎么使劲吹，不但没能将炉火吹灭，反而将炉火吹得更旺了。

克里斯不解其意。酒店老板说："我要送给你的话就是，风可以把蜡烛吹灭，也可以将炉火吹旺。困难如风，如果你只是一支蜡烛，那么风随便一吹，你就熄灭了。但，如果你是炉火，风不但不能将你吹灭，反而会将你吹得更旺！"

恍然大悟的克里斯，当即愉快地告别了酒店老板。从此，克里斯四处拜师学习,潜心研究厨艺,一年后,他以优异的成绩被那家酒店老板聘用了。

点评

人生旅途,每个人都会遇上困难。如果你将困难比喻成巨石、大山,它就会将你压得喘不过气来,如果你将困难比喻成一阵风,它很快就会过去的。

坦拿岛人的优越感

有好事的英国人，为了让原始部落居民适应现代文明生活，便邀请了南太平洋岛国乌努阿图坦拿岛上的五位土著人，到英国生活了一个月。并在英国的第四频道电视台向全世界做了连续报道。

坦拿岛是世界上最原始的小岛之一，该岛此前从未有人到过英国。五名原始部落土著人首次进入现代文明社会，无异于来到外星球一样，闹出了许多笑话。因为他们从没看到过高楼、汽车、火车、飞机、电视，也没用过手机、香皂、毛巾，甚至连吃饭用的刀叉也不会用。他们不穿衣服，只用草编的饰物遮羞。

一个月时间很快就过去了。在将五位土著人送回坦拿岛的前夕，电视台记者问他们对现代文明生活有什么感受，比起坦拿岛来，他们更喜欢哪种生活。结果五个土著人都表现出了强烈的优越感。

第一个土著人说："我们的房子比你们的大。你们居住的是一个个狭窄的石头盒子，盒子里看不到阳光，听不到鸟鸣，呼吸不到新鲜的空气。而我们的房子则是整片森林。"

第二个土著人说："我们的工作比你们快乐。你们大都是一辈子只做一样工作，很多人明明不喜欢自己从事的工作，可是还得继续去干。由于欲望太多而得不到满足，所以长期沮丧、绝望。而我们则想干什么就干什么，没人逼你去干你不想干的事，更不会自己逼自己去干不想干的事。"

第三个土著人说："我们吃得比你们健康。你们吃的猪肉里有瘦肉精，鱼里有催长素，大米和蔬菜里面有残留的农药。而我们吃的一切食物都是纯天然的绿色食品。"

第四个土著人说："我们比你们长寿。由于食物不卫生，加上环境的污染，你们会得癌症、糖尿病、高血压。就是走在路上，还有可能遇到车祸，躺在自己家的床上，还会遇到楼房因质量问题而倒塌的危险，人均寿命不足八十岁。而我们则不会遇到上述情况，我们大多数人都能活到九十岁，一百岁以上的老人很常见。”

第五个土著人说：“我们的精神生活比你们富有。在你们的世界里，到处都能看到乞讨者，很多富翁不愿意帮助穷人。而在我们那里，是没有乞丐的，不管是谁有困难，都会得到大家的帮助。”

点评

现代文明社会，表面上是进步了，但也带来了很多问题。如何克服困难，解决因社会发展带来的各种问题，需要全人类共同努力。

将伤口示人的后果

有一个公司老板，因为与合作者在一个项目上的意见不同而争吵了起来。公司老板经过仔细权衡利弊，还是决定屈从合作者的意见。可是，他的心里却因为这件事情而总是感到不快，虽然事情已经过去了，并且也不是很重要，但他依然忍不住要跟别人说起。那件事就像一个伤口，每说一次，伤口就会被撕大一点。

后来，尽管他再也不愿提起了，可是，那些关心他的朋友、亲人，仍然会时不时地提起，这让他越来越感到伤心、委屈，最后，他终于忍不住跟合作者翻了脸而分道扬镳了。结果因为再也找不到理想的合作者，他的公司破产了。

有一个女人，因为一件小事与丈夫吵架，于是她跑回娘家一说，立即便招来兄弟姐妹的高度关注。大家纷纷表示，不能让她受这样的委屈，现在就这样，那以后老了，变成黄脸婆了，还不得变本加厉地让她受委屈？那件事就像一个伤口一样，每被提起一次，她就觉得那个伤口被撕大了一点。最后，尽管她早已忘了那次吵架的原因，但伤痛却再也无法弥补，终于，她与丈夫离婚了。

有一个公司职员，因为遭到上司的批评，心存不快，尽管那件事情确实是他错了，但他觉得上司的批评还是过于严厉。于是一不小心，他便跟朋友、同事说起了这件事。大家也都觉得他那个上司做得有点过分，于是，每一次说起，在他的心里对上司的愤恨便增加了一次，在工作上，他也就不由自主地对上司有了抵触情绪。最终，他因与上司无法和平相处，而离开了那家公司。结果，他又加入了失业大军，踏上了漫长而艰辛的找工作之路。

有一则寓言故事是这样说的：森林里一只小猴子，有一次不小心从树枝上掉了下来，并将肚皮划破了一道小口子。当遇到同伴时，小猴子便指着伤口让同伴们看。大家一边轮流察看小猴子的伤口，一边对小猴子的不幸给予极大的同情。而小猴子的伤口，每经过一次察看，便被撕开一点，最后小猴子因伤口太大、流血过多而死去了。

点评

人生中，遭遇磕磕碰碰总是难免的，而一些原本无关紧要、只要不予理会、很快就能消失的小伤小痛，却因为自己内心长久的惦记以及他人的过分关注而使伤口难以愈合，最终导致小痛变巨痛，小伤成大伤。